做為獨立記者

寫好新聞的十個心法

朱淑娟 著

Excellent
財團法人卓越新聞獎基金會
The Foundation for Excellent Journalism Award

財團法人卓越新聞獎基金會獎助出版

巨流圖書公司印行

出版緣起

為優質新聞與傑出記者而努力

卓越新聞獎基金會第二屆董事長——蕭新煌

卓越新聞獎基金會是為了肯定和獎勵優秀新聞記者而成立的。

新聞記者此一專業的特殊性，在於一個記者不論隸屬於哪個媒體，或擅長哪種路線，都應該是秉持報導事實真相、維護社會公益的前提去進行每日的新聞工作。記者不該只是一種謀生的職業，它頂著民主社會第四權的冠冕，又揭櫫言論自由的崇高價值，再加上自主性極強的作業方式，讓記者行業經常充滿個人主義色彩，有時又帶一點英雄主義氣質。

相較於學者專注與知識體系對話，記者較了解如何與社會大眾溝通。又由於經常站在重大事件的現場，他們必須目睹真相，見證歷史。在他們深入淺出、肌理生動的筆觸下，影響人類歷史的重大事件或關鍵人物，乃躍然紙上，栩栩如生。無怪乎在許多西方國家，最受歡迎的歷史人物傳記，往往出自於有新聞工作背景者之手。

當前臺灣的媒體環境實在令人很不滿意，不但有過於追逐市場、短視近利的經營心態，又缺少身為社會公器的組織自覺。一些優秀的新聞從業人員，在一開始有著滿腔熱情，卻囿於大環境，終究無法施展抱負，而挫折失望。

卓越新聞獎書系的出版計劃，就是為了鼓勵那些有志新聞專業，始終不放棄理想的傑出的資深記者，能將多年來在工作中的見聞和心得，經有系統的分析、整理後，以專書出現。這一書系的出版目的一則是要彌補報紙、雜誌或因篇幅有限，或因市場考量，所造成的題材限制；二則強調對特具意義的議題能有論述、剖析的深度與廣度。

此外，我們也希望引介國外優秀的新聞作品，讓他山之石作為本土借鏡，透過精良的譯筆，讓國內實務新聞工作者，及有志入行的傳播科系學生，也能有見賢思齊的機會。

今日的新聞，有可能是明日的歷史。新聞記者想做第一線的歷史記錄者，其工作品質的良窳，乃直接影響公眾耳目的清暗和善惡判斷。如果此一書系的出版，對臺灣記者的專業品質、工作經驗累積，以及工作成果發表能有貢獻，那我們的努力便沒有白費。

目錄

推薦序

千里之行始於足下，每個人都可以走出精彩卓越的人生

「經濟部水利署」署長——賴建信

看書是我閒暇時的喜好，每次走進書店心裡惦付著今天要買哪本書時，面對滿目的書本，總有難以選擇的時候。《做為獨立記者——寫好新聞的十個心法》，顧名思義必然是新聞工作人員的工具書，若你找尋此類書本，這是好的工具書。若是你和我一樣在政府部門工作，又必須面對媒體，本書也是好的選擇。然而若你想找尋好的工作方法，或是瞭解不同職業與面對職涯的心法，此書可以輕鬆閱讀，又能細細品味工作哲學，趕快將它納入購物籃，值得收藏。

記得以前當機關發言人時，每次接到記者的電話或受訪，一方面總想好好的將機關政策說明清楚，然而受訪後對於媒體如何報導常常感到焦慮，隔日見報又懊惱媒體所報導的內容，沒有自覺的那麼完整。也許是政府部門的角度與社會關心的不同，也許是自己沒有把握重點，太著重細節的描述也有可能忽略了重要的觀點，太在意數字的正確，忽略了數字背後代表的意義。

一切的一切呈現沒有受過良好訓練的發言人所可能的焦慮與壓力，從第一天擔任發言人至卸下發言人期間不曾停止過，總覺得發言人是個苦差事。

其實事後回想這段能與記者互動的發言人經歷，是很好的工作訓練，讓我日後處理許多問題，能跳開公務員的角色，思索社會的需求，找到好方法解決疑難雜症。

多數公務人員會將記者視為對立面，也老是抱怨記者或是媒體不願報導政府想要傳遞給社會的訊息。政府部門愈來愈重視輿論的反應，也投入愈來愈多的資源於此，可惜的是與媒體溝通卻經常透過公關公司。

多年前與一位記者朋友聊天，她說媒體分派跑各部會的記者，每天都會在記者室發稿，各單位都知道在記者室可以找到記者，政府部門何不直接與記者溝通，何必捨近求遠假手他人呢？這句話如醍醐灌頂，稍加轉念，經常面對溝通說明就可以解決政策溝通不良的問題，政策透過記者的報導可以讓更多人瞭解。

二〇一六年春節前台南大地震，當時我認識的記者朋友無論休假與否，都希望在最短時間抵達現場，無非是想讓社會大眾更快瞭解狀況。記者不是毒蛇猛獸，他們和我們一樣都是職場的工作者，也和我們一樣面對一定時間內完成任務（職場倫理與人性的關懷）的壓力。

本書更是道出成為一個好記者必須練就的基本功，挖開書名中的「新聞」兩字，這本書也是寫好「文案」的十個心法，也是寫好「計畫」的心法，也是「做好自由工作者」的心法，也是寫好「人生」的心法……。

談及「心法」不免令人直覺是深奧且嚴肅的，其實我拿到這本書後只花不到三小時就輕鬆讀完，作者運用文字的能力極佳，我一口氣讀完，再三咀嚼其中蘊含深厚的經驗，又細細回味。當我們看到很順的文章時，以為寫作如同聊天一切都是如此理所當然，讀完此書才瞭解其中有許多要領與經驗累積，才能成就。

比如用最少的文字、多用主動句少用被動句、減少贅字等，才能掌握文字的節奏感寫出一篇好文章。若是常常需要製作簡報報告的人，這些心法也是可以運用。

淑娟也提到專業知識要能轉譯成平實易懂的文字，才能讓讀者輕鬆閱讀。淑娟給有志從事記者的人兩個具體建議，盡量在一個領域夠久及累積報導，沈澱及累積不也是各領域人們的共同特質。如同書中引述《原子習慣》這本暢銷書作者詹姆斯．克利爾（James Clear）說：「人容易高估一個決定性瞬間的重要性，也很容易低估每天做些小改善的價值。一%的改善不會引人注意，但是隨著時間過去，所能造成的變化非常驚人。」

淑娟提到在各種採訪關係中，又以跟政府官員的關係最微妙，我與她的認識從湖山水庫興建環評爭議報導開始。當時我在中區水資源局擔任主任工程司，面對湖山水庫工程已經忙得不可開交，又碰到打破砂鍋問到底的她，忖度這可不是好應付的記者。

的確「應付」是一般公務員常常對應記者的態度，然而她也不好應付，我們時常因為觀點不同而有些吵嘴，但也因為「不打不相識」建立互敬互重的關係。過了十幾年仍會因為觀點不同雖有爭論，但總能尊重對方的看法，甚至由激盪而調整出更好的做法。

去年歷經百年大旱，水利署採取多省水、多找水及多調水三大策略有幸能克服困難，面對氣候變遷沒有人是局外人，水利同仁更覺得責任重大。如書中第一章引用比爾．蓋茲說過：「人總是高估自己一年可以完成的計畫，卻低估十年內可以完成的事。」我們不能樂觀期待陳年結構性及外在環境挑戰可以一瞬間完成，但我們始終相信每個人只要堅定自己的目標，千里之行始於足下。

閱讀淑娟於本書中所提的各式心法，相信「走一條人少的路」過程中或許孤獨，但日進有成，每個人都可以走出精彩卓越的人生。

Chapter

1

通往記者的路徑

她（瑪麗・柯爾文 Marie Colvin）認為報導能夠救人，
那聽起來有些自大，也或許真是如此。

——保羅・康羅伊（Paul Conroy）

一年三百六十五天、一天二十四小時，一小時六十分鐘，每一段時間所完成的事看起來都平凡無奇。但如果同一件事持續做十年，那些平凡無奇的事就會被串連起來，出現有意義的進展與成果，甚至足以實現一個目標。

微軟創辦人比爾．蓋茲（Bill Gates）曾說：

人總是高估自己一年內可完成的計畫，卻低估十年內可完成的事。

大家可能跟我一樣，每到年末就會買一本喜歡的日記本，等到元旦那天慎重打開，看著空白的三百六十五天心中充滿期待。寫下一個又一個計畫，期許未來用熱情填滿。到了年終驗收成果時，拿起紅筆一一檢視年初寫下的計畫，已完成的打勾，沒完成的則跳過或繼續變成下一年的目標。每年都差不多，達到三分之一就屬難能可貴。

而有些計畫並不是以年計算，可能需要更長的時間，例如學習一種語言、磨練一種技能、創業、存夠一筆買房子的錢等等，就可能需要五年、十年或更久。這些屬於長遠的目標，一年內可能看不出成效，但只要持續有進展，不論多微小，都會顯現一條通往目標的路徑。

❖從部落格出發

自從二〇〇九年我成為獨立記者，匆匆已經過了十二年。這是一個學童完成國民教育的時間，也是一個十八歲的成年人走到而立之年的歲月。或是從青年過渡到中年、從中年推移到老年的時光。十二年，以平均年齡八十四歲計算，是其中的七分之一，而每一個十二年都有生命的重量。

那年我以《環境報導》部落格（shuchuan7.blogspot.com）做為個人報導平台，依自己設定的計畫採訪、寫稿，沒有別的心思，單純只是想繼續做記者而已。雖然那時部落格不被認為是媒體，但對我來說卻是一個珍貴的立足點。

回想起來，那個想法蠻天真的、甚至連義無反顧都不是，但如果不是那一點自以為是，就不會有接下來這十二年，而我可能也不會是獨立記者了。

現在很多朋友跟我說，他們當年並不覺得我這麼做是對的，而如今他們看到了那個可能性，並對我說出「原來這樣也可以走出一條路啊」等等類似的感嘆。

這麼說來，如果我們看到朋友正在做一件不是那麼看好的事情，暫時不要出手阻止，取而代之的是鼓勵，或許在陽光照耀、雨水滋潤下，會長出意想不到的綠芽。

我的部落格從第一篇報導開始，十二年來已累積一千五百多篇，平均一年約一百二十五篇、一個月約十篇、每隔三至四天一篇，這些報導逐漸被歸類到六十多個主題。點閱數也從一累積到目前的二百三十多萬個，每天都有數百名讀者好朋友來看這些報導，他們就是這個部落格的陽光跟雨水。

很多朋友都說我的記者運很強，回頭看自己走過的路徑，的確是這樣沒錯，因為很多得天獨厚的機緣，我才能夠繼續做自己想做的事。莫負好運氣，時時提醒自己不能隨便打發一篇稿子，不要讓任何一位讀者失望。

而我的獨立記者生涯，就是在一連串好運下展開的。

好運之一：重要事件來到決戰點

之前我在報社主跑環境新聞且持續八年，成為獨立記者之後也以此做為發展路線。剛起步時國內發生很多重大的開發與環境衝突事件，包括中科三期、中科四期、灣寶後龍科技園區土地徵收案、以及國光石化等等。

其實，這些事件早在我成為獨立記者之前就已經開始了，只不過在我成為獨立記者之後，不約而同來到了決戰點，也因而受到社會相當大的關注。

而我因為已經是獨立記者，不必像過去一樣受到媒體分線的限制，可以隨自己的意思做完整的追蹤報導。那時幾乎採訪了跟事件相關的各種會議、記者會、現場，也認識了很多人，部落格文章很快就有不錯的點閱率。

好運之二：智慧型手機還未成熟

我的獨立記者起步可說是受惠於網路，不過也剛好在智慧型手機、臉書還沒完全發展起來的時候。同一件事放在不同時空，產生的效果就會不一樣。

當時，訊息很難像現在這樣透過社交平台傳播，無時無刻佔據你專注力的智慧型手機也還不多，關心這些事件發展的人，就會到我的部落格追蹤報導。也因此，部落格在環境報導這個領域，逐漸建立起小小的知名度。

好運之三：新聞獎的肯定

二〇〇九年底，成立不到一年的《環境報導》部落格，獲得「華文部落格大賽」最佳訊息觀點首獎，可惜現在寫部落格的人漸漸少了，這個獎也早已停辦。

隔年我再以中科三期、中科四期的系列報導，分別獲得曾虛白新聞獎、卓越新聞獎，這兩個獎項是我獨立記者生涯之所以能順利展開，最重要的原因之一。

另一方面，這是有史以來第一次獨立記者獲獎，不但讓獨立記者被看見，而且也改變了新聞獎的參賽規則，過去刊在部落格的文章被視為「非新聞」不得參賽，自從我得獎之後，這個規則也被改變了。

好運之四：媒體的合作機會

得獎給我最直接的好處，是得到很多媒體合作機會，他們給我優厚的稿酬，讓我得以支撐獨立報導。而且他們讓我選擇自己想做的題目、且不干涉內容。這讓我打破過去的框架，可以做更多更深入的報導。

而且，當時獨立記者採訪還是有相當程度的困難，以各媒體特約記者的身分，才得以打開許多採訪大門，這對獨立記者的起步有很關鍵的影響。

❖ 媒體的多元發展

傳統上定義的媒體只有報紙、雜誌、廣播、電視這四類。但網路興起後，媒體的定義已不再由這些平台獨享，包括部落格、臉書、Twitter、Youtube、Podcast等都被視為媒體的一環。而傳播方式也不再只是單向，媒體給予、讀者接收，而是互動愈來愈密切，進而產生加乘效果。

例如某人在轉貼一篇報導時，會加註個人意見，接收到這則轉貼新聞的人，也收到了轉貼者的意見。這個人再轉貼時又加入個人意見，訊息又有了新的面貌。網路時代的讀者不只接收、也參與了內容製作。

另一方面，採訪權也不再由傳統媒體記者獨有，台灣的自由環境造就獨特的報導空間，加上讀者對新聞的包容性愈來愈強，不再認為機構記者寫的才算新聞。

對公民記者採訪權影響最深遠的主要有兩件事，第一是二〇一一年七月二十九日的大法官釋字第六八九號：

新聞自由所保障之新聞採訪自由，並非僅保障隸屬於新聞機構之新聞記者之採訪行為，亦保障一般人為提供具新聞價值之資訊於眾，或為促進公共事務討論以監督政府而從事之新聞採訪行為。

另外一個則是二〇一六年二月二十五日，立法院副院長蔡其昌開放公民記者申請採訪證，他在公聽會中說：

不論叫什麼記者都是記者，跟旁聽不同，立法院只有一個態度，就是開放公民記者進來採訪。

這個釋憲文以及立法院的決定，等於確立了公民記者的採訪權，行政機關的大門雖然不是全部，但也逐漸打開，不再只有新聞機構的記者才可以進入採訪。自此開啟台灣媒體多元化的時代，出現許多媒體與記者的名稱，以下是我簡單的定義與說明。

- **商業媒體**：以獲利為目標，有主力出資者或股東，收入來自讀者購買實體報紙或雜誌、訂閱網路新聞、以及廣告。此外也有各種商業行為，例如與企業合辦活動、發行分眾收費電子報、舉辦付費演講或展覽等等。
- **非商業媒體**：不以獲利為目標、有主力出資者或股東，也接受捐款。雖然不以獲利為目的，但為了維持運作，也會有上述跟商業媒體一樣的商業行為。
- **獨立媒體**：沒有主力出資者，收入完全依靠小額捐款。沒有商業行為，但有的媒體會推出會員限閱制度。
- **公民記者**：最早是公共電視成立PeoPo公民新聞網，鼓勵一般人及學生註冊成為公民記者，PeoPo網站只提供平台，報導者需自負言責。後來公民記者泛指所有非在公司任職，以部落格、臉書做為報導平台的民間記者。

- **獨立記者**：不屬於任何媒體，自主決定報導主題及內容，除了跟其他媒體合作，也有部落格或個人網站。收入來自與媒體合作的稿費、書籍版稅、演講所得等。

經常有朋友問到，公民記者跟獨立記者有什麼不同？這兩者都屬於個人的採訪行為，簡單的分法是獨立記者是全職、公民記者是兼職且無償居多。

一位朋友的定義也可以參考。他說公民記者可以是「當事人」，獨立記者則偏向傳統定義的記者角色，屬於中立的報導者，我覺得這樣的描述頗為貼切。不過，不論什麼名稱的記者都是記者，你不一定要奉行傳統媒體公正客觀的報導守則，但有些採訪的分際還是要注意。

至於有人說，公民記者先是公民、才是記者。這跟另一句話很像，那就是記者要先是人、才是記者。不過這說的是另一個層次的問題。而獨立記者，我的觀察，社會的要求還是多一點，有時甚至比對傳統媒體更嚴苛。

❖從機構到獨立

經常有年輕人問我：「要一開始就做獨立記者，還是先到機構比較好？」在做獨立記者之前，我在媒體有十年經歷，兩者時間差不多，剛好可以做為對照組。其中，最重要的考量之一，是收入之於生活的穩定度。

收入，當然是在媒體工作比較穩定，定期滙入帳戶的薪資、同事之間的扶持，讓工作心情多了一份穩定感。此外還享有勞保、健保等制度保障。反之，獨立記者收入不穩定，也沒有相關制度保障，工作充滿許多不確定性。

但「收入穩定」能否做為工作優劣的評斷標準，則要看個人的情況而定。如果有較高的彈性，不穩定就不是缺點，但如果缺乏彈性，不穩定的確可能擊敗你。

從二〇二〇年起的新冠疫情就讓我們見識到什麼是世事多變。我們台灣也從二〇二一年五月十五日起進入三級警戒，大家避免出門、商店暫停營業、許多人的工作大受影響，特別是自由或非正職工作者，想必收入大幅縮水。

也就是說，自由工作者的收入彈性要大一點，最好有足夠的備援，短時間的收入減少才不會影響生活。另一方面自由工作者也要增加收入來源，提高自己的餘裕。

其中之一是跟媒體合作，關於這點，不妨做一點媒體研究，看市面上哪些媒體的性質跟你的報導專長相近，主動聯繫，他們很可能成為你未來的合作對象。

另外也不要排斥接案工作，很多委託案是很好的，過程中可以養成寫作能力。而且接案工作會產生連鎖效應，一件事做好就會口耳相傳，然後會有更多合作機會。

同樣地，一件事做壞也會口耳相傳，然後機會愈來愈少。自由工作守則之一就是：不要搞砸任何一件委託案，既然答應了，就要嚴守截稿時間，並且盡力寫好。

日本小說家大澤在昌對於「出道後如何生存下去」的建議，除了不要拒絕邀稿之外，還有「建立良好的人際關係」。建立人際關係的方法之一是經常參加同業聚會，不僅能推銷自己，也是認識編輯、同業的好機會。

另外自由工作者一定要有名片，這樣就可以提高別人記住你、聯絡你的機會。小說或電影經常把作家塑造成冷漠、孤僻、遠離人群。但實際上，除了村上春樹或石黑一雄這種等級的作家之外，廣結善緣才是上策。

回過頭來回答年輕人的提問：「要一開始就做獨立記者，還是先到機構比較好？」

我覺得還是先到機構比較好，不只是收入的考量，對剛入行的記者而言，需要熟悉新聞作業方式，培養採訪、寫作能力以及人脈，更重要的是你需要很多人的協助，而這些資源在機構、比做獨立記者更容易取得。

等你有更多餘裕了，包括存款、人脈、能力，就可以考慮改做獨立記者，畢竟它的自由度比較高，到了某個階段你就會知道，自由度對記者來說有多珍貴。

而不論你要在機構或獨立，有兩件事一定要參考，一是喜歡你的工作，二是養成自我學習的習慣。

❖ 喜歡你的工作

你可能覺得這句話很老套，因為幾乎每個人都會說，但就是因為老套才會成為真理。以下這些話也是很多人都會說的，工作佔據人生很多時間，做自己喜歡的事不但會很開心，用快樂的心情工作，創意就會源源不絕，遇到困難不會想放棄，而是去想辦法解決。

話說，這世上應該不會有不喜歡寫作的作家、或不喜歡音樂的演奏家吧。

這些年聽到許多貶低記者的言語，例如「小時候不讀書，長大當記者」。或是連傳播學者都會說的：「現在記者社會地位低落」等等感嘆行業凋零的言語。

我不太明白所謂「一個行業的社會地位」是如何評量的，不是也有「職業無貴賤」的說法嗎？如果大家接受這句話，為何還有「職業社會地位」這種刻板的想法？

而且如果要依照「社會地位」這個邏輯選擇職業，恐怕也很傷腦筋吧。因為沒有一個職業的從業人員是全部很好或全部不好，都有做好的人、以及搞砸的人。

何況，我們的人生應該不是為了符合別人的期待、或符合所謂「社會地位」而存在吧。不要期待別人改變對自己的看法，而是從自己做起，與其感慨或懷念過去，不如大家一起努力，把記者這個工作的榮譽贏回來。

而有一種情況是，你雖然喜歡這個工作，但不喜歡那個工作環境，那需要改變的不是工作、而是環境。還好，記者這一行存在很多不同的工作選擇，而且差異很大，以下是三種基本的選擇方式。

第一種：依報導特質選擇媒體

媒體有電視、報紙、雜誌、網路、廣播，每一種的工作方式都不同，需要的能力也不太一樣。喜歡文字的呈現方法就選擇報紙、雜誌，喜歡用聲音表達就選擇廣播，總之選擇一種讓你覺得最能享受其中的表現方式。

除了選擇表現方法，工作時間也是一個重要的考量因素。過去我在日報時看到周刊記者晚上可以去看電影、聽音樂會、跟朋友聚會都好羨慕，因為晚上正是日報記者的截稿時間，周刊記者則沒有日日截稿的壓力。

但我只是看到表面而已，後來才知道，周刊的截稿日是周六、日，反而沒辦法配合家人及朋友的休假時間。不過也有日報記者跟我說，不論多忙多累工作到多晚，每天稿子交完壓力就放掉了，相較於周刊記者要累積一周的壓力，寧願做日報記者比較好。可見任何選擇都有好有壞，只能從中選擇最適合自己的，並多加適應。

第二種：選擇媒體內的不同部門

有一位同業有了小孩之後不想再做日報記者，原本想辭職，但報社讓他轉換到比較靜態的專刊部門，這樣一來就可以兼顧工作與家庭。過去很多日報記者也因為家庭因素轉調晚報，因為晚報的密集工作時間是上午，比較能配合家人作息時間，可惜如今晚報已全數停刊了。

說起來，媒體的職涯設計過於僵化，或許應該說大多數的職場都是如此，導致浪費許多人力。個人的生活會因為結婚、搬家、生育小孩、照顧父母、或身體狀況、年紀等等改變，而無法再做過去相同的工作。

但如果工作設計能更有彈性一點，依據個人的情況去設計適合他的工作，就會出現兩全其美的結果。

第三種：選擇不同性質的新聞工作

新聞是一個團隊的工作，由製作人、記者、編輯、研究員、攝影、後製等專業人員所組成，你可以從中選擇自己最喜歡的一種。而新聞業可說是男女較平權的行業，唯一男女人數比較明顯的是攝影，男性遠多於女性。

這個差異是怎麼形成的不得而知，因為喜歡攝影的女生應該不會少於男生才對，其中一個原因可能是攝影器材的重量造成的，不過隨著電視台逐漸改用輕型攝影機，期待有更多女記者突破框架，挑戰不同類型的新聞工作。

❖ 養成自我學習的態度

《雜食者的兩難》這本書的作者、美國新聞學教授兼美食作家麥可．波倫（Michael Pollan）曾說：

> 身為記者最棒的事，就是有人付錢讓你學習。

沒錯，這是記者這一行最吸引人的特質。其實任何一行都需要不斷學習以精進能力，不過記者遇到的議題多又雜，學習壓力比較大，養成自我學習的態度有助於從容面對工作。以下是兩個馬上可以做的學習方式。

一、閱讀

第一類：寫作教學的工具書

寫作是一種跟讀者分享心情、知識的方法，作者具備的養料愈多，就能提供更多訊息給讀者。而養料需要時時補充，才能跟讀者保持一種動態且穩定的關係。

學習寫作跟學習其他技能一樣，都可以靠別人傳授來累積，其中，閱讀就是一種有效的捷徑。所幸這類書籍相當多，其中還包括許多文學大師無私的分享。讀這類談寫作的書籍，對提升寫作能力幫助很大。

我個人很喜歡、也覺得受用不盡的，包括日本小說家谷崎潤一郎、三島由紀夫、川端康成都各自出版過的同名著作《文章讀本》。近代日本小說家最廣為人知的作品，則有村上春樹的《身為職業小說家》、大澤在昌的《百萬小說家的職人必修課》等等。

另外還有美國小說家史蒂芬・金（Stephen King）的《寫作》。美國小說家瑞蒙・卡佛（Raymond Carver）的《叫我自己親愛的：瑞蒙・卡佛談寫作》，以及他的老師約翰・賈德納（John Gradner）的《大師的小說強迫症》等。

你一定發現了，這幾位大師都是小說家，不是紀實報導者，但不論小說或紀實報導，寫作方法都有其共通性，可以互相學習。而且這些文學大師談寫作的重點不只技巧，還有風格，這是一般教新聞寫作的書所不及的。

當然，紀實報導的書我也很喜歡看，受益良多的有美國新聞學教授威廉・金瑟（William Zinsser）的《非虛構寫作指南》、哈佛大學尼曼基金會的《哈佛寫作課》等。

當我聽到記者朋友說從來不看這類談寫作的書時，讓我十分驚訝。或許他們先入為主認為這些書都千篇一律，而他們寧願相信經驗告訴他們的東西。

也有人會說，新聞報導是為了傳遞訊息，不需要太講究文詞。但我並不這麼認為，好的報導除了事實，必然也包含流暢的描述、恰如其分的優美字句。我從這些書籍就學到很多，不只用字選詞，還有態度。例如大澤在昌說：

下筆要八分感情，二分理性。無論多麼激動或悲傷的場景，如果作者也跟著呼天搶地，反而無法得到讀者的共鳴。寫作時要時時提醒自己：愈想表達文字與情感，你就必須從「第三者的角度」冷靜審視自己。

谷崎潤一郎則強調「文章的音樂性」：

今天的人說到讀，一般都以默讀來解釋，人們在心中發出聲音，心的耳朵就這樣一邊聽著那聲音一邊讀，雖然稱為默讀，結果還是在音讀。既然在音讀，那麼總要附加上某些抑揚頓挫的重音來讀。

換句話說，文章不僅是用眼睛理解，同時也是用耳朵理解的東西。各位在寫文章時，首先有必要實際出聲暗誦那文句，試試看能不能朗朗上口。

這些對記者來說是多麼重要的提醒，而從這些大師身上感受到最多的是「真誠」，他們無意炫耀自己的成就或寫作技巧，即便他們都已功成名就且備受景仰。

中國文學家林語堂在他所著的《蘇東坡傳》中，就評價蘇東坡的詩詞與散文具有

「真誠性」，他說：

> 追根究柢來說，文學上不朽的聲名要靠作品給讀者的樂趣而定，誰能說讀者要怎樣才滿意呢？名作能取悅千秋萬世的讀者，超越一時的文風流傳下去，必定是基於一種真誠的特質，就像真實石能通過一切考驗。

第二類：專業領域的書籍

讀者每天都在評價新聞，指這個報導好、那個報導不好，評斷的指標之一是「報導的專業度」。

例如寫空氣汙染，如果是小說，你可以用「天空灰濛濛」來呈現。但如果是新聞，這種意境的描述就無法說服讀者，你要說明空汙來源，並提出解決方案。

而這些知識需要透過學習來取得，方法很多，其中一個途徑是閱讀。閱讀讓我們學習科學以辨別真偽，也讓我們建立觀點以寫出平實的報導。閱讀更提供歷史脈絡，讓我們理解現象背後的歷史交錯。閱讀同時提醒我們理解空汙造成的不平等，關注那些無端受害的人們。

說來，閱讀的力量就是要對作者造成「影響力」，何謂影響力？瑞蒙．卡佛提到一個他的親身經驗：

關於影響力的例子。不久前我住在雪城，當時正在寫一個短篇小說，電話鈴響，我接起來。電話另一端是一個男聲，而且明顯是一個黑人的聲音，他要找一個叫做納爾森的人，我說打錯了。

掛斷電話後我又回去繼續寫我的短篇，很快的發現我居然把一個黑人角色寫進故事裡，名字就叫納爾森。

透過閱讀學習，不只是讀書的主文，前言、後記更不要錯過，因為作者會在這裡交代寫這本書的起心動念，還有方法、如何取材等等，這些對寫作有很大的幫助。

二、跟同業學習

每位記者都有自己獨到的採訪及報導方法，我總喜歡問他們：「這則新聞是怎麼跑到的？」然後他們就會跟我分享箇中奧妙，我則從中學到很多。

我也喜歡在公開的採訪之後比較大家的報導，那真是有趣的經驗，明明大家在同一個場合、聽到同樣的話、拿到相同的資料，為什麼每個人的取材、觀點、偏好的角度會差這麼多呢？而且為什麼有人的稿子刊在第一版，有的卻被報社丟棄？這些真是百看不厭的學習材料。

我也常常學習同業的寫作方法。舉一個「國道七號高雄段」的例子，這個開發案受到最多批評的地方就是交流道太多、而且每個交流道的距離太短。

如何讓讀者理解這個問題，以下兩種寫法，A是我寫的，B是另外一位記者寫的，看看哪一種比較好。

A：「總長二十三公里的國道卻有八個交流道。」

B：「國道一號大約五公里有一個交流道，但國道七號高雄段卻是一到三公里就有一個，等於開車不到二分鐘就遇到一個交流道。」

一看就知道B比A好，A只是寫出數據，讀者看到二十三公里有八個交流道，可能無法理解這對開車的人來說代表什麼意義。但B就完全站在駕駛的角度，看到「開不到二分鐘就有一個交流道」，心中自然浮現一種荒謬感。再拿國一比國七，就更看出國七交流道設置的不合理了。

學習不必捨近求遠，最好的老師可能就是每天在我們身邊，跟我們一起為新聞奮戰的同業們。

Chapter

2

永續的報導策略

能夠舉起某種旗幟為目標而努力，
也是一件美好的事情。

——村上春樹

剛入行時常聽前輩說「記者要什麼都會寫」，每隔一陣子也會看到記者被換到「更重要的路線」，地方調到中央、社會線調到環保或勞工、再換到交通或教育、接著到經濟、政治，再過一陣子可能就升為主管了。

我想，所謂「什麼都會寫」的初衷，應該是提醒記者採訪報導的基本功是最重要的，遇到任何議題都要能立刻上手。此外換線還有一個好處，就是可以從另一個角度看事情，培養記者多元思考的能力。

❖換線的效應

這些原意都是好的，看到同事換線時還會很羨慕，覺得能換到「更重要的路線」是被報社肯定的一種方法。反觀自己一直在環保路線，感覺有點「被放棄」的感覺。

不過還好我也喜歡跑環保線，對這個領域的知識也很著迷，於是很開心、也很認份地看到什麼都學、且不斷累積能力。於是在多年之後，其他媒體的環保線記者都不知道換過多少回了，我還是天天到環保署報到。

話說，這種記者換線的頻率只有愈來愈快而已。

前一陣子環保署公關室的朋友聊到這個時，驚覺各家媒體最資深的環保線記者資歷是兩年。記者來來去去，才剛換了名片，各處室的主管都還沒認識就換線了，很多媒體的環保線記者還是由其他路線的記者兼代。

一位在某報體育版耕耘二十多年的資深記者，某天報社把體育版裁掉後就把他換到環保線，突然被調到一個陌生路線，我不時感受到他的焦慮。他也常說年紀不小了，重頭學一個專業、面對全新的關係很是折磨。

兩年後他好不容易摸索出一種規律，但又因勞工線出缺再度把他換去補位，同樣的焦慮再度襲來。又過沒多久報社要恢復體育版，於是又想到他，他又回到體育線。當大家都為他感到高興時，他反而沒有那麼開心，因為要把斷裂的過程補上，發現時空改變已太大。

頻頻換線對記者的影響，不只是知識無法累積，更是人脈的斷裂，當知識與人脈無法隨著工作時間累積，對持續保有這份工作就會出現危機。

採訪對象也是，不時聽到他們懷念起老記者，並說出「只要說一點什麼大家就舉一反三全聽懂了」之類的話，似乎忘了老記者總是難纏、且讓人心煩。

看到環保線記者如潮水般來去讓我深感疑惑，隨著氣候變遷成為人類的首要敵人，國外媒體都把環境線視為最重要的路線之一，甚至是一個團隊運作的規模，資深記者寫的稿子往往對政策產生很大的影響力。反觀我們的環境記者卻好像可有可無，沒有受到同等重視。

隨著跑線的日子增加，我在環境領域所學到的知識、認識的人也愈來愈多。環保署一位官員曾跟我說，我參與了這段期間環境政策的制定，因為我的報導對他們來說是一面鏡子，他們總想看我寫些什麼，並從中做出調整。聽到這樣的讚美，讓我覺得這些年的努力都值得了。

而在我成為獨立記者之後才發現，過去在環保線待得夠久，成為我轉型獨立記者最大的資產。

❖ 分線的侷限

另一方面，也是在我成為獨立記者之後，才發現過去在報社被分到所謂的「環保線」有多大的侷限。

依照以前的分線方法，我負責環保署以及相關環保團體的新聞，採訪範圍主要以環保政策為主，每天花相當多的時間聽環評會、說明會、記者會、研討會。並常常讀環評書、研究報告、預算書、公告、以及各種資料。也常常跟各處室的主管請教專業知識、查證訊息。

此外，立法院的衛環委員會只要審查跟環保署有關的內容，環保記者就會去那裡聽一整天，不過除此之外，立法院、立法委員是由立法院的記者負責。環保團體發起的記者會或行動，要看在哪裡舉辦，例如在行政院門口，有時由行政院記者就近處理，有時是環保記者。

除了路線劃分之外，還有地域之別，環保記者只能在環保署、或凱道等不屬於任何路線的公共空間採訪。如果某地發生汙染，我們負責環保署說明的部分，汙染現場及地方政府回應則由地方記者負責。

如果這個汙染事件跟農委會、內政部、經濟部等其他部會有關，則由主跑那些路線的記者負責該部會的說明。有些則會經過協商，例如環保事件的官司，依照分線方式，法院是司法記者的地域，但有時會請我們處理。如果需要到外縣市採訪，必須知會當地主管並取得同意才行。

雖然說專業分工很重要，但一個事件的責任歸屬被切割得這麼細也不是好事。說一件我自己的糗事。我還在報社時，有一陣子常追蹤環保署土基會的新聞，那時他們做很多農地、廢棄工廠的土壤汙染調查，一有重大發現就會開記者會說明，同時報社也會通知地方記者到現場拍攝、訪問業者、地方官員做為配稿。

等我離開報社做獨立記者之後，有一次因為跟公共電視合作土地汙染議題，到一些著名的汙染地區例如台南台鹼安順廠、高雄旗山大峽谷盜採砂石等地區採訪時，還被環保署土基會組長楊鎧行笑說：「這些事件妳以前都是頭版的獨家新聞，原來妳是第一次到現場啊。」

被他說得我都不好意思，但話說回來，這也是報社依地域分線所造成的結果。而人在現場跟看資料、數據的感受完全不同，看到那些被汙染的土地、因汙染而受害的人，更會對造成汙染的人深惡痛絕。更何況他們通常在製造汙染時就已經知道，而政府卻基於各種理由未即時阻斷傷害。

近來許多書、電影都以真實汙染事件為主題，例如《黑水風暴》、《惡水真相》等等，都有記者揭發真相的影子。但即使汙染在多年後被揭發、受害者被補償，也無法彌補傷害於萬一。至於能不能做為警世？很遺憾也不能太樂觀。

❖超越部門的侷限

做獨立記者跟在報社當記者，最大的差別就是不必再受到以前分線的限制，可以不分地域、不分領域，光是這點改變，對我個人造成的影響也出乎意料之外。

可以這麼說，我之所以能做獨立記者，是因為過去在報社的基礎沒錯。但如果只停留在那裡，就會受制於剛剛提到的那些侷限。反之，只要突破這些侷限，就可以在那個基礎上延伸、開拓、進化，路得以愈走愈寬。

其實環境議題不是只有環保署管轄的空、水、廢、毒等末端環境汙染而已，還包括造成這些汙染的「源頭」，還有汙染形成的「現象」、以及日後造成的「影響」。

比爾．蓋茲在《如何避免氣候災難》這本書中提到，造成氣候暖化的五大「源頭」包括：製造、用電、耕種養殖、交通運輸、調節溫度等等。而氣候暖化造成的「現象」、「影響」則是：

隨著氣候暖化，旱象與洪澇會更常出現，導致作物收成銳減，牲畜吃得較少，產生的肉與奶也減少。空氣與土壤會失去水分，使得植物吸收的水分減少。

氣溫升高攝氏四度時，撒哈拉以南、非洲大部分地區的生長季節可能縮短二〇%以上，農人可能走投無路。

最可怕的會讓糧食愈來愈昂貴，本已嚴重的貧富不均更加惡化，更多小孩無法獲得所需營養，導致身體免疫力下降，大幅提升死於腹瀉、瘧疾或肺炎的機率。

從這個說明看來，氣候變遷這個環境議題涉及的領域相當多，以行政體系劃分的話，幾乎包括整個行政院的職掌。當然一個記者不可能負責全部，但有一個辦法，就是以「議題」來分，也就是一個議題由一位記者負責的意思。

環境記者也許聽過這個故事。前環保署長郝龍斌有一次在開登革熱環境清理會議時，為了陽台屬於室內或室外有許多爭論，因為依行政職掌，環保署只能清理室外。後來他說，如果要依傳統職掌，登革熱可能永遠不會消滅，後來就改為一個區由一個單位負責，不分室內或室外，果然有效率多了。這個故事很像記者的分線方式。

依議題來分的做法是，首先列出跟這個議題有關的主管機關、當事人、審查會、採訪對象等等，接下來就跟著議題的進度走，去聽審查會、去參加記者會、到現場、去訪問官員及學者。從頭到尾跟一遍之後，就可以看到這個事件的全貌，然後從中再選出幾個想討論的焦點。

例如，農地可以討論的面向就很多，如果要談「保有足夠的農地面積」，就涉及國土規劃、都市計畫、農地徵收等等。而這些業務跟內政部、農委會、經濟部有關。

如果是談「農地汙染」又不太一樣，這跟廢棄物倒在農地、工業廢水排入灌溉渠道、農地鄰近工廠排放汙染有關。而這些分屬於經濟部、農委會、內政部、環保署等多個部會、還有地方政府的職掌。

以我個人的經驗，以「議題」為主的跑新聞方式，比過去在報社以「行政職掌」的方式更有效率。因為一個部會並不是所有單位、任何事情都有新聞價值，很多他們主動開的記者會，你知道的，機關有固定時間的記者會，要求各局處輪流舉辦，已經到了沒事找事的地步。而且其中大半還是政令宣導、或頒獎等談不上新聞的花絮。

不過因為是機關的記者會，駐部會的記者基於職責就要參加，否則一不小心漏了什麼新聞可擔待不起。想想我們為了「一不小心漏了什麼」付出多少時間成本？立法院也是一樣，詢答之間多少對話真的有價值？

很多部會遇到假日還會給記者留稿，好讓記者可以應付交稿壓力，但這種稿子刊登的機會不高，浪費了多少人力在做白工。與其如此，不如精準設定議題，同樣的時間可以做更多有意義的報導。

但話說回來，讓自己擁有絕對的選擇權，也只有獨立記者才做得到。較小型的媒體人力少，並沒有明確分線，但記者人力較多的大媒體，大多還是依部會分線。如何操作才能讓記者擁有選擇權，其實大家都已經知道了，就是主管有沒有勇氣去改變、並且承擔罷了。

❖ 日報記者的優勢

但大家不要誤會，以為做獨立記者一定比較好，在媒體當記者就比較差，好與不好是比較來的，而且隨著年齡、資歷、個人內外在因素的改變，想法也會改變，對於什麼是適合自己的工作環境及方法，會有不同的想法。

一如之前所說，我之所以建議剛入行的記者應該先到日報，而不是網路、雜誌等媒體，是因為日報特殊的編採性格，有許多在別的地方學不到的功夫。而且日後不論你到哪裡，這些都會對你很有幫助。

首先是「掌握時效」的能力

大家都知道新聞時效有多重要，同樣一篇報導在對的時間、或不對的時間刊出，產生的影響力截然不同。而日報是時效最強的媒體，網路的速度雖然更快，但時效不全然等於速度，只要還維持熱度，就表示它還在時效內。

另外，時效也不一定是由外在環境發動，有時記者主動挖掘一件大家不注意的事，新聞曝光後就形成話題，這可以說是由記者本人帶動的時效跟影響力。

不過這裡要談的「掌握時效」是另一件事。

前文說到日報有特殊性格，指的就是報紙有「限定版面」這件事，不論今天有多少新聞，報紙能容納的版面是固定的，選擇什麼、捨棄什麼，通常要看新聞的重要性，而所謂重要性，是相對、而非絕對的。

也就是說，當天新聞的重要性是比較來的，A新聞今天的重要性比不上其他新聞，也許明天、後天或更久時間跟別的新聞比，它又會是相對重要的。

在這種情況下，記者為了爭取刊登機會，就會權衡當天新聞的熱度，當然即時非出不可的一定要寫，但那些並非公開、而是自己跑到的新聞，就會選擇最好的時間、也就是這則新聞在當天相對重要的時刻提出。

如此一來，記者就不會只注意跟自己有關的新聞，而是整體的新聞氛圍，並從中學到行銷新聞的能力，畢竟一則新聞能不能刊出，時間與氛圍是關鍵因素。

第二種是「精寫」的能力

不論翻開哪一本新聞學教科書，必然會教學生「倒金字塔」的寫稿方法，一則新聞能不能吸引讀者繼續閱讀，除了標題之外，第一段的引言就決定大半。書本也一樣，大澤在昌對此的建議是：

> 各位將來想成為作家，必須讓逛書店站著看書的人，隨手拿起你的書快速翻頁，即感到：「啊，這本小說蠻有趣的呢。」務必記住，你的小說能否給讀者「欲罷不能」的印象，關鍵就在開頭那八千字的精彩程度。

所以他認為要不斷重複改寫開頭的場景描述。新聞也是一樣，開頭通常是最難寫的，只要決定開頭，整篇稿子的風格、觀點差不多也被定下了。

這方面日報記者都很在行，應該也是把倒金字塔寫法做到最淋漓盡致的一群人。而這有一部分是環境造成的，也跟前面提到的固定版面有關，因為版面有限，交回去的稿不可能全部刊出。有的雖然刊出，但字數會被砍掉一大半，日報記者寫稿時多半會有這樣的心理準備。

而且報社編輯的刪稿方式，不會像雜誌編輯一樣會把稿回傳給你，然後說：「多出三百字請刪改後回傳。」而是只留下前面的必要字數，並從後面全部砍掉。因此日報記者就學會把重要的內容往前寫，並有「即使只留下一段該說的也已經說了」的保險做法。

當然我並不認同報社編輯這種刪稿方式，但改變並非一朝一夕，而且編輯台要對此有所自覺。在這過程中，記者還是要想辦法為自己找到生存之道。

說到環境對作家的影響力，應該有人跟我一樣納悶，瑞蒙．卡佛為什麼只寫詩跟短篇小說，而不寫長篇小說？後來看到他在書中的說明才恍然大悟，原來這不是他對自己寫作的決定，而是環境造成的。

因為他必須在工作養家、照顧年幼小孩之間擠出寫作時間，長篇小說這種需要持續力、專注力的寫作方式，對只能擁有零碎時間的他來說，現實上就不可能。

於是他說：「形式決定了我的寫作方式。」

日報記者也在許多形式下，學到只有在日報才能學到的各種能力。另外一個是快筆，而當我不再是日報記者，沒有緊迫的交稿壓力，這方面的能力也漸漸失去了。

❖保持彈性

日報記者每天追著新聞跑，處理完一個議題再換下一個，受限於版面只能抓重點寫，細節大多略過。而且一個事件寫過後，如果沒有關鍵性的突破就屬於「已刊登的舊聞」，短期間內不可能再刊出，這對記者造成的最大影響就是，想追蹤的議題會被迫中斷。

以前常聽前輩說，記者是可以做一輩子的工作，因為新聞的世界浩瀚如海，再怎麼窮盡一切努力都無法窺其一二。這個我完全同意，只不過前輩所處的新聞年代已經跟我們不同，下一代又跟我們不同，想要做一輩子記者的心願愈來愈遙不可及，除非你找到其他的方法。

而我比較擔心的是，以現在記者的工作方式，能從工作中累積多少能力？線上記者不分資深、資淺幾乎做同樣的事情，即時新聞佔據大部分的工作時間，沒辦法深入研究議題，經常性的換線更不利於能力養成。

當能力不能跟著工作年資同步增長，職涯就會暴露出一定的風險。如果媒體能永續經營，問題可能還比較小，但媒體這十多年來的動盪大家都知道了，包括我在內的許多人在四十歲左右就被迫離開任職的媒體。

到了這個年紀想再換一家媒體，除非有特殊機緣，否則難度相當高。而通常到了這個年紀已經有一些資歷了，甚至可以被稱為資深記者，即使有媒體轉職機會，要他從基層做起，心情上也會有一點難以接受。

曾經有一位在電視台做過主管的攝影記者，離職多年後卻無法忘情媒體工作，某天

❖ 盡量在一個領域夠久

記者跟其他行業一樣，需要隨著工作時間增加而累積能力，包括知識、人脈、專業度、還有讀者的信任。

在你入行後應該聽過不少人這麼說，記者不必懂太多專業，只要把「穿針引線」的工作做好就行了。這句話不能說錯、但也不全對。因為記者不只是有聞必錄，對自己報導的內容能多懂一點，就更能做出專業的報導。

所謂「懂」不是要懂專業細節，當然能懂是更好，但專業之所以「專」，就表示那是獨特的學問，記者一般來說都是通學。當然也有醫生做醫藥記者、經濟學家做財經記者的例子，經濟學大師彼得．杜拉克（Peter F. Drucker）就曾經是記者。但那畢竟是少數，多數記者還是從採訪工作中學習。

很多例子反而還倒過來，體育記者轉行變體育主播、影視記者變成電影製片、美食記者變成美食作家、財經記者變成理財顧問等等，從記者工作中學到的專業知識、累積的人脈，成為他們日後轉業成功的基礎。

不過記者主要還是「旁觀者」，不求其專，但求觀察入微。而且話說回來，對於某些專業，可能因為太過熟稔而執著於自己的定見，出現與此不同的就急著批判，反而無法從新聞人的角度去看到新意或新聞點。

以蓋水庫為例，你不必懂開鑿技術，但要知道蓋這座水庫的必要性、成本效益、可能的環境衝突等等。

或者這麼說，記者像球評或主播，你不必是東京奧運會的選手，但需要擁有評論一場賽事的能力，甚至連看球台上被拍到特寫的觀眾，都可以說出他們的來歷、與球員的關係，做到這樣就是一位稱職的球評或主播。

想要對自己報導的領域懂更多，首要條件就是必須在一個領域待夠久才行，走馬看花終究只能看到水面上的雲煙，而不是浪裡的層次轉折。對照之前提到的換線，我希望記者能多關注這件事對自己未來可能的影響。

❖累積做過的報導

我對「累積報導」這件事開始有深刻感受，是在成為獨立記者、並設立《環境報導》部落格開始的。

離職前我從報社的新聞資料庫中找出自己的報導，並按時間序一一歸檔，希望至少留下過去十年的足跡，如果在一個地方做了十年記者，回頭一看什麼都沒留下，怎麼說都是一件難以接受的事情。後來起心動念想把這些報導放進部落格，但最後勉強能收錄的不到十篇。

這讓我有點驚訝，回想當時那些我費盡心思所寫的報導，刊出時造成多大的影響，為什麼事過境遷它們在部落格卻無容身之地呢？這可以歸納出以下兩個原因。

一、那些報導都不完整

受限於版面，過去的報導都只呈現結果、忽略過程，且經過編輯台裁剪變得支離破碎。加上前面也提過的，分工方式讓我只能看到事件的一小部分、且無法持續追蹤，最後留下的報導也是片斷且不連續。

另外，當時的採訪資料，不像現在比較有時間可以好好做場記，也可以做完整報導。暫時無法用於報導的採訪內容，則依主題、時間歸類，日後這些場記就變成重要的資產，這部分我在稍後會再詳細說明。

而在報社那幾年的採訪通常寫在筆記本上，寫稿時再從中選取需要的內容，其他就捨去，以至於手邊沒有留下任何場記，那些記憶也跟著歲月消逝成為過眼雲煙。

二、那些報導都非個人所完成

而那些刊出的報導雖然掛我的名字，但其實已經分不清哪些是我寫的、哪些是同事寫的、哪些又被改過。加上報社看待一則新聞有既定的立場及觀點，有時跟記者本人的意見相左，嚴格來說已經不能說是自己的作品了。

如果人生可以重來，當然那是不可能的，我會把當時採訪的新聞，除了交出一分精簡版的報導給報社之外，也會寫一則完整版的給自己，並早早成立部落格放這些較完整的報導。其實部落格在我成為獨立記者大約十年前，很多記者都已經這麼做了，可惜我後知後覺，沒有注意到這件事，想到時已經離開報社，為時已晚。

現在很多國外記者都有自己的粉絲專業，媒體也鼓勵記者展現個人風格，跟讀者建立「記者與讀者的關係」，不只是媒體的一部分而已。即使你離開這個媒體，並不會失去你的讀者，這樣的例子很常見。

美國CNN新聞網首席國際記者克拉麗莎・沃德（Clarissa Ward）在二〇二一年八月因為阿富汗報導，一周內她的Instagram帳號追蹤數從六萬人快速增加到二十五萬人。她的前任克里斯蒂安・阿曼普（Christiane Amanpour）的Twitter跟隨者達到三百萬人。很多人是因為她們才關注CNN的新聞，跟隨她們的視野去到世界各地。

也就是說，你不必像我一樣在離開報社後才做獨立記者，在更早之前就可以同時進行了。

如今網路時代，要實現這個想法比以前更容易。跟投資一樣，記者這一行也需要時間累積才能看出成果。多為未來做準備，是永續報導策略的重要一環。

Chapter

3

養成求真的習慣

要常將你的讀者放在心上，如果沒有忠實讀者，
你不過是個無名小卒。

——史蒂芬．金

一個正常的社會、或者說要維持一個社會正常運轉，需要媒體、更需要說真話的媒體。當真相透過訊息傳播廣為周知，而不是由少數有權者把持，就可以促進參與、形成共識、讓決策更民主、社會更公平正義。

英國女作家維吉尼亞．吳爾芙（Virginia Woolf）曾說：

一切不曾發生，直到它被描述。

記者就是那個透過描述，把真相帶到公眾面前的人。但真相是什麼？由誰定義？卻受到主、客觀因素的影響。這些可能是記者或所屬媒體的價值選擇，包括政治傾向、議題偏好。也可能受到記者個人觀看事情的方法、能力、擁有的資源是否足夠、能否判斷訊息真偽等等所左右。

還有我們心知肚明、卻不太願意提起的，就是來自政府及企業這些有權者的干擾愈來愈深。隨著媒體的營收愈來愈艱困，很不幸這些干擾只有更多、沒有更少。而且手法愈來愈精進，其中媒體舉辦的研討會就需要特別注意，針對爭議議題，看看會中都邀請哪些人與談就知道了。

過度依賴網路訊息

另外一個讓真相矇上霧霾的原因，是媒體過度依賴網路訊息所造成的。

很多記者包括我在內，雖然會追蹤一些人士或單位的社交媒體帳號，但這麼做的原意是為了獲取訊息，啟發靈感。如果發現有意思的線索，會進一步訪問當事人、補充更多資料，評估有價值的才會寫成報導。

但有些媒體不只把網路訊息當參考，而是直接取用。於是常見這樣的報導：甲在臉書表示什麼、乙說了什麼，有時是甲跟乙在互相回應，但有時明明各說各的，最後在記者穿針引線下，卻變成兩人隔空對談、甚至喊話。

很多人深知媒體喜愛衝突的選材標準，為了提高發言被選中的機會，刻意用誇大、對立的言語表達意見，可想而知，會被選上的多半是政治人物、民意代表、名嘴、網紅、或一些特定人士的臉書發文。

於是報導充斥著對立的氛圍，這跟媒體想藉由報導促進社會溝通、良性對話的初衷，已經背道而馳。

而一旦過度依賴網路訊息還會引發兩個問題。一是，選材受到侷限。二是，得到不正式或不嚴謹的說法。

一、選材受到侷限

當媒體從網路「被動」選取訊息，就會選到那些聲量大的對象。而那些真正能給予有價值意見的專家學者，反而被排除在外，因為他們通常不會把意見寫在臉書，而是有記者來電詢問時才會被動回答。

於是經常出現在報導中的就是特定那幾位，他們為了提高知名度，平常就有計畫在經營臉書內容，有些部會首長還怕記者沒看見，會請公關人員貼在媒體群組。

這些訊息只要一個媒體取用，立刻會造成連鎖效應，看到各家媒體快速貼出幾乎無差別的內容時，心中會這麼想：為什麼沒有不同的說法呢？他們說的都沒問題嗎？為什麼照單全收只用「某人在臉書表示……」？

同樣地，記者也經常直接取用官方的新聞稿，這讓我很驚訝，因為新聞稿有時避重就輕、有時隱藏重要訊息，需要記者去挖掘出更多。就算不是這樣，總有一些沒交代清楚、或記者有興趣但沒寫到的訊息吧。

這或許是即時新聞造成的效果。不過直接複製、貼上這種做法，終究不是應該鼓勵的事情。

二、得到不正式或不嚴謹的說法

通常我們說話時，會依照跟對方的關係而使用不同的語氣，如果是朋友就會用輕鬆的語調，如果是公事上的對話就會比較正式。接受訪問又更謹慎了，而且會說出有憑有據的意見，因為你知道這不是你跟記者之間的聊天或交流意見，而是會透過報導傳播出去廣為人知。

有幾次我接到熟識的記者朋友來電，因為是認識的朋友，談話就比較隨性，即使他一開始就說：「關於這件事我想聽聽你的意見」時，我也覺得那是同業之間在交換訊息及看法，隔天報紙刊出時才驚覺原來那是訪問。

有了幾次經驗後，只要有記者朋友來電談及某事時，我就會多問一句：「不好意思，請問你是在訪問我嗎？」如果是，我就會轉換說話的頻道，改用正式的語氣。

同樣地，一般人在臉書發文跟接受記者採訪，語氣也一定不同，何況有時他只設定跟朋友分享，使用的語氣更隨性，比如說他寫：「這人簡直在亂搞」，但接受訪問時則會修飾成：「他的做法值得商榷」。此外文中也會有很多未經證實、純屬個人臆測、或只是聽誰講什麼等等看看就算了的內容，並不適合直接取用做成新聞。

說來，記者的工作不就是把那些「未經證實、純屬個人臆測」的內容，進一步查證，把真相提供給讀者嗎？

回到一開始說的，網路訊息應該只供參考，除非有些新聞關係人不希望被記者打擾，在臉書表達：「這是我的意見，歡迎取用，不再接受個別訪問。」此時他提供的說明應該比較接近正式聲明，用語會比較謹慎。否則都應該進一步訪問當事人、專家意見，而非全文引用。

不過因為我曾是報社記者，深知第一線記者的辛苦、無奈，很多新聞無法自己作主，新聞獎台上也不見他們的蹤影，但他們卻是擔負最多新聞工作的人。

直接取用網路新聞有時迫於時間壓力，也不能全怪他們。如果可以選擇，他們也希望能有更多餘裕好好處理一則新聞，那才是實實在在新聞人的成就感。

曾經在一個演講場合我說：「記者是世界上最好的工作。」一位線上記者舉手回應：「我一位記者朋友每晚發完稿都想辭職，因為有一種被掏空的挫折感。」聽到這句話真是心痛，因為我完全能夠體會。

我想，這世上最需要鼓勵與支持的工作，記者是其中之一。在此呼籲媒體應該給記者更多時間與空間，所幸很多媒體已經這麼做了，希望未來有更多媒體跟進。

使用網路訊息要驗證

除了記者會使用網路訊息，很多媒體的編輯室也有專人在網路上找新聞，搜尋目標也包括其他媒體的報導。但網路假訊息滿天飛，只要一家媒體寫錯，其他引用這則報導的媒體也跟著錯，這並不是註明「依據甲媒體報導……」就可以免責，而要對引用的訊息負百分之百的責任。因此引用網路訊息，應該建立一套查核機制以避免誤用。

二〇一九年六月我參加google台灣分公司、台灣事實查核中心舉辦的「深度事實查核培訓營」課程。一位講師提到，網路上之所以有這麼多假訊息，可能是純粹惡作劇、無意中造成的認知錯誤、有人故意誤導媒體、或其他有利於自己的目的等等。

他建議，使用網路訊息要有一個基本的驗證程式，包括：對所有內容查核、聯繫各方做回應、要有工具幫助驗證。除非確認是真的、也取得消息來源同意才能使用。至於如何取得授權，有以下幾個原則：

一、尊重消息來源的隱私

原本一則發文只有少數人看到，但經過媒體轉載後閱讀人數增加，這名發文者可能瞬間成名，也可能惹禍上身。因此，即便對方在公開平台發文，但因為媒體轉載的影響力很大，最好還是徵求對方同意。

而且，不要在公開留言處請求對方授權，這會讓他覺得太敏感。最好用私訊，並詢問對方是否希望轉載時出現真名、或顯示FB、Twitter等原文來源。

這個提醒很有意思，通常媒體引用發文時會直接把原文截圖刊登，這麼做是基於尊重，覺得引用出處比較有禮貌，但其實被引用發文的人不一定這麼想。

二、要求授權要說清楚自己是誰、以及授權內容

向對方請求授權要誠實交代身分、訊息用途。更正式的做法是用數位簽章，但授權書的內容不能過長，否則對方可能不願意花時間閱讀而拒絕授權。

此外要做好內部協調，如果一家媒體很多人去聯絡，會讓對方困惑，也會覺得這個

媒體很不專業。

三、所有權的明確概念

有時發文者並非訊息的擁有者，而是截取別人的影片或照片，修改後刊在自己的網頁，媒體在請求授權時一定要確認所有權的問題。而且問題要明確，如果你問：「你是否擁有這個照片或影片的所有權？」

有些人可能不清楚「擁有」是什麼意思，會說「對啊那是我的」，然後你就引用並註明授權來源，但其實他無權這麼做。另外，如果請求授權的內容會用在很多地方，就不要只問：「我可以使用這張照片嗎？」而是做多次授權的聲明，就不會造成所有權的爭議。

總之使用社交平台有基本的社交禮儀，如果我們能多一點對別人發文的尊重，很多爭議就不會發生。

❖ 數據的魔法

我們在寫報導時，有時會因為訊息提供者刻意誤導而出錯，其中「數據」是最常見的一種，因為他想做出對自己有利的解釋，但這卻不一定合理。

近年來台南最知名的土地徵收抗爭事件「台南鐵路東移」，在內政部土地徵收小組審查時，就出現關於「徵收比例」計算方法不同的爭議。

依照《土地徵收條例》規定，政府要徵收人民土地之前要先經過「協議價購」，但協議不成還是要徵收，只是變成強制，此時就需要經過內政部土地徵收小組審查。

這個制度本身充滿矛盾，如果不論人民同意與否都要徵收，為何還有協議價購的選項？何況嚴格來說這也不能說是選項，因為也沒得選，政府單方面出價，再給予一些額外補償，例如自拆獎勵金或優先承購安置住宅等誘因，最後也只剩下同意、不同意兩個選擇而已。

評估繼續跟政府纏鬥下去勝算不高，最後很多人都會權衡輕重，做出對自己較為有利的決定。「接受」跟「同意」在官方的定義沒有不同，都會歸於同意一類，但對地主來說意思卻差異甚大，「同意」是主動，「接受」則是迫於無奈，也因此他們常自嘲自己是投降、不是同意。

而那些不同意協議價購的人，就會被開發者造冊送到內政部審查，但往往有審查之名，卻無審查之實，這是土地徵收最後一道程序，走到這裡幾乎沒有不過的。

舉例來說，南鐵東移案在都市計畫委員會審查時，有委員說出：「這是重大開發案，我們無權審查。」既然如此，那這個委員會存在的意義是什麼？

而當此案送到土地徵收小組時，法律規定在這裡要審查徵收的必要性及公益性，但委員們卻說：「這個在都市計畫委員會已經審查過了，不必重複，而且我們也不能推翻他們的決定。」那土地徵收小組又為何存在？

而且擔任這些委員會的委員，很多是現任公務員、或退休公務員，他們不可能做出違反政府意志的結論，稍有不同意見者，下一任委員名單就會被劃掉。

回來繼續談南鐵案。當天交通部提出一個數據，指徵收的私有地「面積」共一・五九公頃，不同意的面積〇・五四公頃，占三四％。同意的面積一・〇五公頃，占六六％。

以「面積」做為計算基礎：

不同意者：0.54公頃／1.59公頃＝34％。

同意者：1.05公頃／1.59公頃＝66％。

看到這個數字會直覺以為，同意協議價購者是多數，反對者是少數。我們常講民主是少數服從多數，徵收土地者為了取得正當性，也經常製造這樣的效果。不過那是指公共政策而言，徵收土地未必可如此套用。因為政府有保障私有財產權的責任，憲法對此也有規範。

公務員常常忘了，法是為了約束政府濫用權力，不是賦予他權力為所欲為。執政不能沒有人性，愈是握有權力的人，愈要有同理心，不只是依法行政而已。

而反對者真的只有三四％、同意者又真的是六六％嗎？其實未必，要看計算的基礎是什麼。

通常在審查會前，內政部會把審查資料放在網路上，我也會事先下載來看，我在這份資料看到的計算基礎不是「面積」，而是「筆數」，需要徵收的私有地三百三十四筆，不同意的筆數二百三十七筆，占七一%，同意的筆數九十七筆，占二九%，依照筆數計算的話，不同意反而是多數。

以「筆數」做為計算基礎：

不同意者：237筆 / 334筆＝71%。

同意者：97筆 / 334筆＝29%。

我因為事先看過這份資料，才會特別注意到審查現場的簡報用了不同的計算基礎。也許要用面積或筆數做為統計基礎見仁見智，但基於政府保障個人權利，不論他擁有一坪土地、或一百坪土地，都有同意與否的權利。何況徵收的總面積有一大部分是公有地，就更顯示以面積計算同意率有虛灌之嫌，應該以筆數計算才合理。

而我猜交通部原本也是這麼想的，否則不會在較早的資料中使用「筆數」，發現結果是不同意率高於同意率時才改用「面積」，以達到同意者比例過半的結果。

而身為報導者的我們，如果能對政府提供的數據、計算的方法多一點警覺，就會做出更合理的報導。

農地產值的計算方法

另外一個跟計算基礎有關的案例，是前苗栗縣長劉政鴻任內的「後龍科技園區」徵收案。徵收範圍在後龍鎮、造橋鄉距國道三號大山交流道旁、總計約三百六十二公頃的農地（後來縮小為二百五十三公頃），其中一〇三公頃、四〇％是私有地，屬於後龍鎮灣寶里、海寶里的地主所有。

為了保有足夠的糧食自給率，政策上優良農地要優先保護。但農地價格低，政府又課不到地價稅，變更為工業區後地價瞬間暴漲，地方政府及財團從中獲利。但農地是農民的資材，被徵收後拿到很少的徵收費，以後再也無法耕種，成為土地遊戲最大的犧牲者。

灣寶農民不願土地被徵收，成立自救會展開抗議，經過兩年，最後在二〇一一年三月十日內政部區域計畫委員會中被否決。灣寶是很少數抗爭成功的例子，其中有得天獨厚的時空環境，有他們展現的智慧與團結。保留下來的農地年年收成地瓜、西瓜，見證永續的農地價值。

在國土計畫中，農地屬於非都市土地，變更為工業區或都市土地，要經過內政部區域計畫委員會審查。在一次會議中，苗栗縣政府提出一份「農地產值」的資料，並強調此地產值低，改做工業區才能發揮土地價值。

他的計算方式是以徵收範圍內的農地總產值六百八十三萬元為分子，實際種植＋休耕地一百五十一公頃為分母，得出每公頃的農地產值只有四．五萬元。

加計休耕地的產值計算結果：

總產值683萬元／實際種植＋休耕地151公頃

＝每公頃農地產值4.5萬元。

灣寶農民張木村則認為，要算實際產值，必須以實際耕種中的農地為分母才合理，不應該加入休耕地。這樣算的話，實際種植面積二十五・六七公頃，總產值六百八十三萬，每公頃產值是二十六・六萬元，跟苗栗縣的算法差了近六倍。

實際種植面積的產值計算結果：

總產值683萬元／實際種植25.67公頃

＝每公頃農地產值26.6萬元。

哪一種計算方式比較合理？也許有人會主張，算一個區域的農業產值，以這個區域的總農地為基礎並沒有錯，但休耕地並不是廢耕地，它之所以目前沒有種植，有時因為稻米過盛政府鼓勵休耕，有時因為水資源有限而推動輪作，只要政策改變，這些農地隨時可以恢復耕種。

而且為了提高糧食自給率，農委會的因應對策中也有讓休耕地復耕這一項，因此，以實際種植面積計算產值，是符合政策、也是更為合理的計算方法。

苗栗縣政府、交通部的身分是徵收者，自然會偏向採用對自己有利的計算方式。我們在辨別資訊真偽時，注意資訊是誰提供的，經常也可以看出端倪。

另外還有兩件跟灣寶案有關的訊息也可以一併參考，一是公聽會，二是問卷，都是一種稀釋意見的做法。

一、公聽會

苗栗縣政府應環評會要求，在後龍鎮五個里舉辦公聽會，其中三場辦在徵收範圍外的里，那些地方的人民沒有土地要被徵收，事不關己，又聽到苗栗縣政府說科學園區可以創造就業，多數人都贊成。而在土地要被徵收的灣寶里、海寶里這二場公聽會就遭到強力抗爭而流會。

這種把舉辦公聽會的區域擴大到徵收範圍外的做法，在很多開發案都看得到。但真正可以對徵收與否表達意見的，只有土地關係人而已。因此公聽會的舉辦地點只能在關係人的地區，而不是藉由在區外舉辦，用非關係人的意見來稀釋地主同意與否的比例。

二、問卷

苗栗縣政府對四百三十一位計畫徵收的地主發出調查問卷，其中一百四十二位回覆，一〇七位贊成。苗栗縣政府以收到的回覆數為分母，得出的結果贊成率是七五％。

苗栗縣政府：

107位贊成／142位回覆＝贊成率75％。

但這不是公共政策的民意調查，而是有明確的地主數目，分母應該是全體地主，而不是回覆的地主。這樣算的話，分母是四百三十一位，分子是一〇七位，同意率是二五％。

灣寶農民張木村：

107位贊成／431位總地主人數＝贊成率25％。

❖大數據看不到的差異

政大傳播學院教授李金銓在《傳播縱橫》書中表示：

大數據貌似客觀，其實程式設計師在編碼時，可能不自覺反映出社會普遍的文化、種族或性別偏見。

因此搬出大數據所做的比較時，要考慮它是否公平合理，並注意數據來源（例如菸商、藥商、軍火商、政客等利益團體），是否企圖發布對己有利、對人不利的消息。

從大數據取材是目前很流行的新聞做法，有時的確可以看出一些趨勢。但數據是靜態的、中性的，沒辦法反映背後一些人為因素造成的差異。如果將大數據當作唯一的資訊來源，跟實際情況就可能出現誤差。

例如二〇二一年又逢枯旱，記者經常會去看經濟部水利署網站上的「水庫水情」，做為觀察區域缺水的參考。在這裡會看到每個水庫用一個桶狀表示，並以藍色波浪顯示蓄水率。蓄水率高時藍色區塊就很多，反之則少，這種感觀很強烈，很容易就會把波浪多寡跟缺水連想在一起。

於是有媒體從中挑選三個蓄水率最少的水庫，並下了這個標題：「這三個水庫所在的區域最危急，如果再不下雨……。」但這三個水庫的蓄水率低，是否等同於它的供水地區會出現缺水危機則不一定，主要有以下二個原因。

一、水庫有聯合運用關係

舉例來說，當曾文水庫的蓄水率低，並不表示這個水庫的供水區可能缺水。因為曾文、烏山頭兩座水庫有聯合運用關係，曾文水庫只要有多餘的水量，就會存放到烏山頭水庫。所以兩座水庫應該合併來看、而非單獨觀察。

同樣地，此時白河水庫的蓄水率零，並不是蓄水率降到谷底，或是雨都沒有下在這個水庫的集水區，而是水利署利用枯旱時停止蓄水，專心清除水庫淤泥。

另外五月底台中地區下雨了，有人看到石岡壩蓄水率上升到七成感到興奮，但其實這個水庫在九二一地震時受損嚴重導致有效蓄水量大減，基本上觀察台中水情時可以忽略，主要還是要看德基、鯉魚潭兩座水庫。

二、蓄水率高低不完全等於豐枯

此外，只用水庫蓄水量評斷一個地區是否缺水，跟實際情況的誤差會愈來愈大，原因是「區域互助」已經是水利署的重點政策，台北翡翠水庫可以透過板新系統，支援過去由石門水庫供給的板新地區。石門水庫則透過桃竹幹管支援新竹，台南及高雄也有互相支援的系統。

此外還有再生水、海淡廠，以及滯洪池、埤塘、伏流水等等，水資源管理的複雜度大增，再也不能只看水庫蓄水率就論斷一個區域缺水與否。如果能對水資源管理多一點理解，看到特別或可疑的數據時再請教一下相關人士，報導出錯的機率就會降低。

❖ 有偏限的研究

行政機關會編列預算委託學者做研究，每年七月、十二月審查後，這些報告就經常成為我們的報導題材。如果報告出現對官方有利的結果，有時還會舉行記者會說明。反之就會束之高閣，記者要自己想辦法取得。

引用這些報告做為報導題材要小心，任何報告都有研究目的、前提假設，或受限於委託經費樣本數不足、調查時間不夠，引用時要注意這些侷限。

二〇一九年幾位醫生從健保局的大數據中，分析出二十年來高屏地區肺腺癌年增率比北部多十五倍，其中半數患者沒有抽菸，研究結論是：「懷疑」跟空氣汙染有關。

雖然他強調只是「懷疑」，但因為過去已經有多份研究指出空汙會引發肺腺癌，加上從統計資料來看，南部的空氣品質的確不如北部好。於是環保團體直接引用這個報告，控訴空汙造成南北人民健康的不平權。

一些報導也出現類似「空汙造成南北肺腺癌年增率差十五倍」的標題，更直接略過「懷疑」變成肯定。這看起來似乎合理，但做報告的人只是從健保大數據中篩選出肺腺癌的結果，並沒有對應空汙的相關研究，所以他說「懷疑」，是一份典型具有侷限性的研究。

如果新聞標題改成這樣：「南北肺腺癌年增率差十五倍，學者懷疑可能跟空汙有關。」是不是比較好呢？

其實空汙與健康的研究非常困難，而且需要多年的數據佐證。英國國王學院的空汙專家蓋瑞．富勒（Dr. Gary Fuller），在他的著作《隱形殺手》（*The Invisible Killer*）書中提到，美國科學家道格．道克力（Doug Dockery）團隊在哈佛大學公衛學院進行的「六座城市研究」（Six Cities study），從一九七四年到一九九三年發表，研究了二十年。

這項研究從六個城市選出八千一百一十一人做為研究對象，參加者要填寫一份關於體重、身高、抽菸習慣、職業、病史的表格，並做呼吸測驗。之後每一年寄明信片給每個人確認他們是否在世，如果沒收到回覆，就會請調查人員訪問他們的家人、朋友、鄰居，以了解發生了什麼事。

某些城市的受試者死亡速度比其他城市的受試者快，依據每個城市的空汙繪製差異圖時，得知交通與工廠汙染是關鍵因素。蓋瑞．富勒表示，六座城市團隊留下的遺產是我們目前已採取，以及未來將採取的空氣清潔行動。

所以我們在看研究報告時，除了看結論，也要看研究方法，同時不要忽略其侷限性、也要避免過度解讀或套用。

已故公衛學者漢斯．羅斯林（Hans Rosling）在他的著作《真確》中提到以下這個例子，就提醒不要將研究結論，從一個群體輕易套用到另一個群體。

二戰與韓戰期間，醫護人員發現昏迷士兵採俯臥比仰臥的存活率高，因為仰臥時容易被自己的嘔吐物窒息，趴睡時嘔吐物則能流出，吸吸道保持暢通。然而一個新發現很容易套用到太多地方，公衛界就建議寶寶趴睡。

當看似堅不可摧的邏輯是基於善意，想看出錯誤更幾近絕不可能，即便數據顯示嬰兒猝死率是上揚而非下降。直到一九八五年一群香港小兒科醫生才確實指出趴睡可能是元凶，七年後瑞典才把建議改過來。

❖ 養成「求真的習慣」

漢斯．羅斯林還提醒，要理解這個世界，就要養成「求真的習慣」。他舉了以下這個例子：

我們都需要分類，但要知道哪些分類會導致偏誤，例如「已開發國家、開發中國家」這種分類法就該換掉，換成「四個所得等級國家」。

他說，用平均所得來分的話，全球七五%的人口都落在中等所得範圍內。世界銀行已廢除「已開發國家、開發中國家」這種分類法，改以國家平均所得，將世界分成四個等級國家，並以家庭設備來對應這些分類。

而每個等級國家都有富人跟窮人，雖然美國的平均所得大於墨西哥，但並不是每個美國人都比每個墨西哥人有錢。同樣地，男生的數學成績整體比女生好，但並不是每個男生的數學成績都比每個女生好，其中有很多重疊。只看平均、而忽略個體之間的差異，就會失之客觀。

他另外提到一個「總量」的例子。

二〇〇七年一月在達沃斯世界經濟論壇的氣候變遷委員會上，某位歐盟國家的環保署長說：「中國的二氧化碳排放量已超過美國，印度也已超過德國。」

隨後印度委員站起來指著美國及歐盟委員說：

> 我們之所以會陷入這個棘手的問題，是因為你們這些富裕國家燃燒了近一世紀的煤。我們原諒你們，不過現在起請用「每人平均」來計算二氧化碳排放量。

他也提到「多數、少數」可能造成的誤解。

統計學上的多數是指五〇%以上，可能是五一%、七五%、九九%。但從五一%到九九%代表的意義卻差異很大。他建議不要只說多數、少數，而是直接把百分比問清楚。

一般來說媒體的數字處理都不太精確，五一%會寫「超過半數」、七八%會寫「近八成」。或到現場採訪時會依自己的觀察說「多數民眾贊成」。或許出發點是讓讀者容易理解，畢竟太多數字會妨礙閱讀，造成讀者的壓力。

如果不會造成太大的認知差異或許還好，但像多數、超過半數這種範圍太大的表現法就應該精確一點。多一點求真的精神，就能做出更精準、避免偏見的報導。

Chapter

4

保持寫作的規律

作家應具備的條件之一：每日書寫。

——大澤在昌

大澤在昌在《百萬小說家的職人必修課》書中提到，作家應具備的條件之一是「每日書寫」：

> 寫作的動力就像汽車引擎，一旦冷卻過久，就不容易啟動。反之，即使每天只寫一頁，靈感跟創意就會源源不絕而出。

威廉・金瑟在《非虛構寫作指南》這本書中則說：

> 你必須從寫作中學習寫作。學習寫作的唯一途徑，就是強迫自己規律地寫出一定的字數。

另外寫出《青雲之路》、《柯里夫頓紀事》等多本暢銷小說的英國作家傑佛瑞・亞契（Jeffrey Archer），譯者李靜宜在《柯里夫頓紀事》這本書的導讀中提到：

> 他的多產常讓人以為得來全不費功夫，但他是一個自律甚嚴的作家。寫作期間每天清晨五點半起床，六點開始寫作，寫二個小時，休息二個小時，一天工作八小時。他甚至嚴格規定自己五十天內寫完一本小說的初稿，然後經歷十四次修改才能交出完稿。對他來說寫作沒有捷徑，是一份必須嚴正以待的正式工作。

還有村上春樹，他在《身為職業小說家》書中說：

寫長篇小說時，自己規定一天四百字稿紙估計要寫十頁左右。想寫更多時也在十頁左右就停下，覺得今天好像不太順時，也想辦法努力寫到十頁。

因為做長期工作時，規律性會具有重要意義。如果能寫的時候順著氣勢寫很多，寫不出來時就休息的話，就無法產生規律性。

建立寫作的規律

幾乎每一位成功的作家都會給你相同的建議，可見養成寫作規律對職業作家有多麼重要。而規律除了時間、還有地點，史蒂芬．金說：

一般人最好還是在自己熟悉的環境下工作，你會發現寫作的解析度會大大不同，態度上也會更認真。

記者並不是單純的作家，可以對時間保有絕對的自主性，很多時候必須配合外界約定的採訪時間、以及媒體要求的截稿期限。不過記者等待跟零碎的時間蠻多的，例如有些官方的會議事先言明有會後記者會，但確切時間則要視會議進度而定，等上半小時、一小時都有可能。

在這段等待時間，有的記者會聊天、有的靜靜地看資料、或打開電腦寫一點東西。如果把這些時間隨意打發掉就可惜了，不妨想想你可以利用這些時間做什麼。

而對記者而言所謂「熟悉的環境」，指的是你放資料的地方，寫作時需要翻閱資料，如果資料散落各處，就會發生想找的資料找不到的情形，因此重要的資料最好放在同一個地點、並且事先分類存放比較好。

也就是說，記者的工作時間雖然不能百分之百自主，但還是要盡可能為自己多爭取一點空間，不但能為工作加值，開展出其他的可能性，還可以透過改變工作內容來轉換心情，否則過於單一的工作形態會讓人心生煩膩。

何謂工作加值？

例如有些記者在忙錄的工作之餘也會寫書，我在日報時就寫過三本。我已經忘了當時是如何擠出時間的，想必下了很大的決心。不過隨著採訪工作愈來愈忙錄，每天光應付日常工作就幾乎耗盡心力，很難有力氣再寫書。

於是從二〇〇三年出了第三本之後，直到十一年後的二〇一四年才有機會出第四本。接下來是二年後的二〇一六年出第五本，直到二〇二一年才出了第六本，也就是本書。

從我出書的歷程也可以看出，記者要為自己的工作加值真的需要下定決心、訂定計畫才能實現。除了寫書，有些記者還會演講，忘了誰告訴我的，寫作的人如果還能演講，兩者會互相加分，我想的確是這樣沒錯。

那要如何抽出時間呢？

如果要提供一點建議的話，我會說「早起」，因為這是一天中精神最好、比較不會被打擾的時間，最適合用於創作，即使每天只有三十分鐘，累積起來就很可觀。

不知道從什麼時候開始，我會問熟識的記者朋友早上都幾點起床、起床後都做些什麼，因此得到各式各樣的答案。其中一位告訴我天天五點半起床去健身房運動，一早就儲備了整天的工作能量。雖然每個人運用時間的方式不同，只要找出自己的規律就好，但沒有把一天中最好的時間拿來創作，我還是覺得蠻可惜的。

我問他，能不能改成工作結束後運動呢？他說每天工作結束後都很晚，發完稿也累翻了，只想回家好好休息。這個我完全能理解，結束一天的緊繃工作後，真的很難打起精神，不要說去健身房，有時連散步都覺得累。或許，搭配周休二日可以找到折衷辦法。

不過，很多記者在休假日也忙著寫專題，因為平常要應付即時新聞，只有休假日才能找出空檔。久而久之就變成習慣，沒有培養其他興趣，跟朋友圈也漸行漸遠。我請你千萬不要這麼做，一定要下定決心找到平衡工作和生活的方法。畢竟，人生不是只有工作而已。

話說養成運動習慣真的很重要，甚至對工作有很大的修補力，剛剛卡住的地方突然想到方法，寫得不順的地方也變流暢了。而且寫作是一種很消耗體力跟精神的工作，規律的運動可以保持體力，又能平衡心情。

❖建立寫作規律的三種方法

常在臉書看到朋友發文，坐在電腦前二、三個小時，喝了幾杯咖啡，不時上上網、翻翻昨天晚上看的書，或站起來做點什麼，總要消磨很久才能靜下心來開始寫作。

那種「開始」的焦慮每個寫作的人都有，只是程度不同而已。以記者來說，能以最快速度進入寫作狀態的是日報記者，這是每天應付緊迫交稿時間所養成的能力。

獨立記者沒有天天被逼著交稿的壓力，寫稿速度無形中就變慢了，更不能隨興而為，想寫的時候寫、不想寫就放下，等待靈感降臨，但靈感卻是最靠不住的東西。

於是對獨立記者、或自從二〇二一年五月台灣進入新冠肺炎三級防疫以來，記者居家工作時間變多，養成寫作的規律更加重要，而這可以透過以下三個方法來實現。

第一個方法：提前準備

每天在開始工作前，花一點時間擬定計畫，但不是那種要一一寫下來、或多少時間要完成多少字那樣的詳細計畫，而是依照工作的輕重緩急，在心中給自己一個行進的方向，一旦決定了就專心做眼前的事。

如果不這樣的話，就會做這個想那個，來來回回，時間匆匆過後發現什麼事都沒做好。反之一次只做一件事，捨去其他，至少還能把一件事好好完成。

可能的話寫作時把電腦的網路關掉、或關掉手機提示音，否則可能不經意就浪費了不少時間。我知道很難，尤其現在很多單位都用Line傳送訊息，還有緊急採訪通知，不打開網路會造成更大的不安全感。

不過除非必要訊息，盡量把干擾降到最低應該是做得到的，例如信件可以集中在一個時段回覆，非工作性質的Line、簡訊、Email關閉提示音。或是把手機放在距離書桌較遠的地方，總之，避免手機吃掉你的時間。

第二個方法：先求有、再求完美

關於修改力，瑞蒙．卡佛在《談寫作》書中說：

> 我的修改能夠讓我更加進入故事核心，更深入它想要說的東西。我得好好努力找出

一個答案來。應該說，這是一個過程，不是一個固定狀態。

我們之所以會對「開始」產生焦慮，是因為糾結在「最好的那句」而變得加倍小心。但幾乎很少成功的作品是一次就寫出來的，而是在初稿完成後經過多次修改，把不確定、不流暢、語意含糊的語句、不合宜的標點符號改過之後，才變成可讀的作品。

一如瑞蒙·卡佛說的，寫作是一個過程，不是固定狀態。有了這層體會之後就會放下那個糾結、釋放焦慮，想到什麼就寫什麼，不要在乎是否通順，是否用了最好的形容詞或標點符號，因為這些都可以透過修改來達成。當然你要確保在交稿前有足夠的修改時間。

大澤在昌為此提出忠告：

> 電視上經常出現作家在截稿前徹夜寫稿的畫面，但職業作家不是這樣寫稿的。你要提早交稿，就得養成每天寫出固定字數的習慣。

所以不要再相信「非到截稿前寫不出文章」這種話，做任何事都要給自己留點餘裕，寫稿也是一樣。如果要完成一篇七千字的稿子，前一天才寫是絕對沒辦法完成的。而是提早規劃，把這七千字分散在幾天完成，最後還要預留修改時間，算一算至少十天前就要開始寫了。

第三個方法：讓寫作成為日常

每個人都有日常，只要一天沒做就會覺得怪怪的，會一直掛念直到做完才安心。這些可能是每天起床要喝一杯咖啡、做五十個仰臥起坐等等，看似生活中的小事，但規律對穩定心性往往具有重大意義。同樣地，養成寫作規律的方法之一，就是讓寫作成為日常。

村上春樹說：

> 早晨早起，泡咖啡，面對書桌四到五個小時。一天寫十頁稿紙，一個月就能寫三百頁，單純地計算，半年就能寫一千八百頁，就是《海邊的卡夫卡》初稿的頁數。

你可以規定自己每天寫幾個小時或寫多少字，或每寫幾天就休息幾天，或寫到一個階段就暫停等等，建立一種周期的日常，就可以建立寫作的規律。

❖寫一個固定時間的專欄

寫作說起來是一件蠻孤獨的事。一個人坐在房間裡，把門關上，默默面對電腦螢幕，隨著思緒移動雙手打出必要的字句，不斷重複增加、刪除、變換順序。

在這之間能鼓勵自己的，一是看到累積的字數愈來愈多，那是隨著時間消逝，能夠擁有最明確成果的東西。二是每過一陣子就有發表機會，透過讀者點閱、讚美（當然也有批評），會覺得這些字句跟別人產生了連結。

固定發表文章的機會，可能是每周或每兩周的專欄，也可能是每一個月或三個月的專題報導。我很佩服那些可以花一年或兩年時間只寫一本書的人。那種工作產生的孤獨感，想必不是我們能夠想像的。

而我有幸擁有一個每周二在《風傳媒》刊出的專欄，那對維持我的寫作規律至關重要。專欄是一種時事評論，寫的題目、內容必須跟時事密切結合，這讓我必須對新聞保持一定程度的熱度，特別是自己關心的領域。

專欄要由自己擬定題目、設定觀點及內容。為了完成任務，我需要出門採訪，查必要的資料，同時多次思索要呈現的觀點，這給了我相當大的寫作動力。

每周一下午五點前交出稿件，隔天大約上午七點就會刊出，這正是每周最期待的一刻。不論當多久的記者，不論文章刊在報紙、雜誌、或網站，看到自己的文章刊出都會很興奮，也會受到激勵再開啟下一篇的旅程。

❖觀點要想開闊一點

至於專欄寫什麼題目好呢？紐約時報專欄作家湯瑪斯．佛里曼（Thomas L. Friedman）給了很好的建議：

寫作題材俯拾皆是。一個奇特的新聞標題、一個陌生人的手勢、某位領導人激勵人心的演講、孩子提出的天真問題、校園槍擊案兇手的殘酷、或難民的悲慘故事。就看你如何連結，呈現你的洞見。

威廉・金瑟則以自己的經歷，提醒作者，選擇報導題目、設定觀點時要想開闊一點。

某家雜誌請他寫一位鳥類專家的專訪，原本他以自己對鳥類所知有限而拒絕，後來他發現這位高齡八十四歲的鳥類專家依然充滿活力，每天作畫四小時，又到世界各國拍攝鳥類生態，頓時心中浮現：「這個很有意思。」

轉念一想，他要寫的不是鳥類專家，而是一位不服老的人，以及老年人如何持續創作的議題。他說：

當你拿到寫作任務時要想開闊一點，不要認定訪問鳥類專家就一定要寫鳥；給汽車雜誌寫稿就一定要寫汽車。挑戰主題的極限，看你能走多遠。

當你對自己說「這個很有意思」時一定要特別留意，跟著你的直覺挖下去。

❖掌握文字的節奏感

最後我想談一下如何保持文字的節奏感，這也有助於維持寫作的手感。

方法之一：用最少的字

史蒂芬·金提到高三那年收到一個退稿，從此改變了他重寫的方式。編輯給他的建議是：

> 故事不錯，就是太長了點，注意長度。

能夠用一個字表達的，就不要用二個字，這是寫作的基本觀念，也是體貼讀者的一種做法。這位編輯給他的另一個建議是：「第二次草稿的長度，等於第一次草稿的長度減十%。」只要掌握這個原則，就會發現在無損於文章的內容及風味下，文字的節奏感會更好。

方法之二：多用主動句、少用被動句

史蒂芬・金說：

> 只有膽小的作家才會用被動句，例如：「會議將被訂在七點舉行。」何不改成：「七點舉行會議。」

只要稍加注意，就會發現被動句多到難以想像。我於是養成一種練習方法，不論看書、或走在路上東張西望看到的標語、甚至是各機關貼出的公告，就會在心中重組，看看有沒有更好的表現方式。這樣的練習很有意思。

方法之三：減少贅字

贅字是拖垮文章節奏的主要原因。例如「這件事最重要的關鍵」，其實只要寫「這件事的關鍵」就好了，因為關鍵就已經有「最重要」的意思了。

我也寫過「美濃白玉蘿蔔真是風情萬種的蔬菜」，在檢查文章時我把「的蔬菜」刪除，因為大家都知道蘿蔔就是蔬菜，不需要特別再說明一次。

威廉．金瑟則舉了下面這個例子：

比如掛在動詞後面的介系詞，其實這些動詞根本不需要介系詞幫助，例如：「可以騰出幾分鐘」，後面就不應該再加上「的時間」這三個字。

又例如形容詞：我私人的朋友、我個人的感覺，其中「私人／個人」都是贅字，直接寫我的朋友、我的感覺就好了。檢查每一個字，會發現沒用的字多得驚人。

不過，雖然簡潔至上，但谷崎潤一郎也提醒，如果因為簡潔而沒有完整傳達訊息則不宜。他說：

雖然不用多餘的字句是寫作名文的條件之一，但不能因為這樣，連必要的字也省略掉，不但沒有把要說的事交代清楚，同時文品也會降低。文章在以簡潔為貴的同時，也要無意間流露出悠然自在的餘裕才是上乘之作。

簡潔與餘裕之間如何拿捏得恰到好處？需要在寫作過程中不斷提醒自己、多次檢查，該簡潔的地方簡潔，該留餘裕的地方留餘裕，就能讓文章擁有豐富的音樂性。

而這些都要透過不斷的練習來達成。《原子習慣》這本暢銷書的作者詹姆斯．克利爾（James Clear）說：

人很容易高估一個決定性瞬間的重要性，也很容易低估每天都做些小改善的價值。一％的改善不會引人注意，但隨著時間過去，所能造成的變化非常驚人。

有人覺得養成一個習慣很難，但其實比想像中簡單，重點是有沒有下定決心。例如你想早起，撐過一天、就有第二天、接著第三天、一周之後就愈來愈容易了。同樣要破壞一個習慣也很容易，不管之前維持了多久。

建立寫作的規律對職業生涯相當重要，只要一段時間不寫，手感就會冷掉，寫到一半的書有時就那樣放著，想重新拿起來再寫，就要下很大的決心才行。

丹麥女作家伊薩克・狄尼森說：

我沒有希望，也沒有絕望，每天各寫一點。

每天的心境或身體狀況難免有起伏，但盡量不要受這些影響，不論心中有多少抗拒、或覺得怎麼寫都寫不好，還是要勉強自己做完該做的事。讓寫作成為日常、建立寫作的規律，這些對以寫作維生的人來說至關重要。

Chapter

5

選擇報導的領域

別把外界加諸於我的事務當成目標，
別服膺於社會框架。

——西蒙・波娃

前文提過，記者這一行要永續經營，必須時時刻刻精進寫作能力、累積專業知識，兩者缺一不可。

知識愈豐富，就愈能寫出專業的報導，而專業知識要轉譯成平實易懂的語言，才能讓讀者輕鬆閱讀。這世上應該沒有艱深難懂的文字，還能獲得讀者支持的作品。

如何精進寫作能力在這本書的其他地方會再談到，這裡主要是討論如何累積專業知識的部分。

每一種專業知識都浩瀚如海，而且新知識、新觀念不斷出現，並持續推翻、修正。記者要跟上知識的修正、更新，才能做出專業、跟上潮流與趨勢的報導。

曾經被年輕朋友問到：「對獨立記者來說，什麼領域最能永續經營？」其實不只是獨立記者，在媒體工作的記者也應該以「永續報導」為目標。當然相較之下，獨立記者不受媒體約束，選擇權會大一點。

實現永續經營目標的起點，就是選擇一個專業領域。該選擇什麼領域，可以參考以下幾個指標：

一、涵蓋面是否夠深、夠廣。

二、接觸對象是否多元。

三、外圍團體是否活躍。

四、公共政策討論的機會是否夠多。

❖選擇喜歡的領域

而比以上四個指標更重要的是「喜歡」。選一個自己喜歡、而非客觀定義的所謂熱門路線才能寫得開心，作者開心，讀者看了也會開心。如果你喜歡寫作、寫的又是打從心裡喜歡的議題，持續報導的可能性會更高。

反之，選一個不喜歡的領域，剛開始也許可以憑意志力撐下去，但每天寫著不那麼喜歡的報導、跟那個領域不怎麼喜歡的人來往、訪問，時間久了恐怕不行，心情會逐漸濛上灰塵，當然也沒辦法做很久。

其實很多領域都很有趣，環保、勞工、醫藥、體育、影視、財經……如果可能的話都想兼顧，但實務上不太可能這麼做，能力跟時間都有限，終究要有所取捨。

換成我們是讀者，看到有些作者總是跟著話題走，什麼議題熱門就寫什麼，生花妙筆卻大多泛泛之論，想必你跟我一樣很容易就能看穿其中的虛實。時間寶貴，我們都想看真正好的報導，而那必定出於專業記者之手。

但如果你問剛入行的記者：「你喜歡什麼領域？」恐怕很多人一時也答不出來。就像我們有時被問到喜歡哪種工作時，也會一時語塞，並為此感到焦慮。

我們對職業的選擇，在不同年紀會有不同想法，更常被機緣左右。本來沒想到要從事的工作，因為看到某人的故事受到感動而心嚮往之。也可能是個人經歷了什麼特別的事，決定選擇某種職業，這樣的例子相當多。

有的則是在沒有選擇之下被指派，接觸之後卻發現很喜歡那個工作。我會走到環境領域就是這種情形，並非出於自己的選擇，而是報社指派，在此之前我對環境議題並沒有太多認識，更不會主動提議想跑這個路線。

對於換線，一開始也心生抗拒，不過因為是主管指定的也沒辦法拒絕，抱著卡卡的心情上任，但跑一陣子之後發現蠻喜歡環境線的。加上一開始跑就遇到超級大新聞阿瑪斯號事件，新聞頗有表現，也因此受到激勵。我至今記得一位主管跟我說：「沒想到妳也能跑部會新聞。」

人的運氣很奇妙，當初主管會調我去跑環保新聞，是因為他們認為環保線不太重要，即便菜鳥記者如我去跑也出不了什麼大錯。但機緣難料，阿瑪斯號事件後環保署長林俊義下台，前台北市長郝龍斌接任，開啟了另一波環境新聞的高潮。

現在政治人物當部會首長已經不稀奇，政黨酬庸已成常態。但二十年前部會首長大多由學有專精的學者擔任，學者知道自己只是借調，比較實事求是，因為總有卸任回到學校的一天。不過由學者擔任政務官也可能是一種缺點，知道自己只是政壇過客，就很難提出遠大的政策目標。

總之，那時身為新黨全委會召集人的郝龍斌擔任環保署長，是一件罕見的事，而政治人物擔任首長是政治生涯的跳板，定會力求表現以厚實自己的政治實力。

因此郝龍斌上台後雷力風行，把環保署這個冷衙門變成新聞頭版的常客。在這種情況下，環保記者也有了表現機會，前聯合報社長張作錦有一天跟我說：

妳真的很幸運，第一次跑部會新聞，就遇到這麼一位肯做事的署長，讓你在新聞上有很好的發揮。

所以，建議在剛入行那幾年，不妨以逛街的心態在各個領域遊走，也不要排斥改變，或許會出現意想不到的機緣，並因此找到自己有興趣的報導領域。

而有了以上的經驗之後，我對改變就抱持比較開放的態度，深信變比不變好，因為很多事都在預料之外。我會在離開報社後抱持著「把報導放在部落格也可以繼續當記者」的樂觀心情，跟這樣的人生觀有很大的關係。

❖ 領域的選擇權

前文提到選擇領域的四個參考指標，在這裡我想來談一下所謂「涵蓋面夠深夠廣」

的意思。

它指的是，一個領域可以延伸出很多議題，彼此之間有時會產生連帶效應，A做好、B也會做好。換句話說，要解決B問題，有時從A問題著手反而能得到解方。

例如，做好河川上游山坡地的水土保持，下游水庫就能減少淤積，空出更大的庫容以蓄存更多水。或是，要解決都市淹水，與其要求廠商蓋滯洪池，不如從控管都市計畫做起，避免在易淹水地區開發，就能留下更多滯洪的土地。

有了這種「連帶效應」的概念後，報導時就會想得更多，學習從不同角度去看事件的因果關係。

有的則是議題與議題之間會產生許多交鋒，最常見的就是環境與開發的衝突，這個問題在十八世紀工業化之前還不大，但之後就糾結日深，人類為了享有便利的生活，做了很多自我毀滅的事，想想這是何等愚蠢。尤其台灣地狹人稠，土地是稀有資產，類似的衝突也不斷上演。

一旦問題嚴重了就想要做一些事來挽回，但總是口號多於行動，「我們只有一個地球」這句話多麼打動人心，可惜要人類回到簡樸的生活已不可能，更不願為了保護環境犧牲一點點經濟利益，即便這是我們世代生活的地方。

這幾年讓我們印象深刻的是農地的破碎化。開放農舍興建、農地非法工廠就地合法，以及釋出農地、林地、濕地、甚至整治好的農地去做太陽光電。還有因應枯旱，農地休耕常態化，都導致農地面積快速減少。

有的則打著減少空汙的旗幟，做犧牲環境的事，例如近年來引發爭議的第三天然氣接收站，因為影響到七千年才演化而成的大潭藻礁造礁區，保育人士訴求政府停建被置之不理，最後走到公投。

政府會說蓋天然氣可以取代火力電廠以減少空汙，但他沒告訴你，接收站跟藻礁並不是二選一。政府回應爭議的方法是請大家各退一步以求雙贏，然而這只是一廂情願的想法，當價值產生競合，只有取捨、而非共存。

因為有些事並不像合建房屋，你分多一點、我分少一點就能解決。有些東西就是不能在一起，例如生態系的連續，並不是開發案退一點，藻礁就能保存。

或是農地上的非法工廠，並不是工廠規模縮小一點，保留多一點農地就能解決。他們根本不應該在一起，緊鄰工廠的農地就是有汙染風險，不是誰大誰小的問題。

這幾年氣候變遷成為好萊塢電影的熱門主題，當我們坐在戲院一邊吃著爆米花、一邊看著災難電影時，真的會有所反省，還是享受聲光效果出了戲院後依然故我？

當一個領域擁有多元議題，議題與議題之間又具有價值衝突的特性時，我們就可以說這個領域具有「涵蓋面夠深夠廣」的條件，這會促使作者思索其中的糾葛，進而做出議題更多元、層次更豐富的報導。

反之，如果選擇的、或自我定位的領域不具有「涵蓋面夠深夠廣」的條件，就會捉襟見肘，甚至落入單一價值的思考陷阱，凡事以自己的領域為中心，而且以其為重，而沒有從整體的角度去權衡輕重。

例如環境議題的範圍，從氣候變遷、汙染、農業、保育、水源、電力，以及影響這些的經濟行為、都市計畫、土地徵收等等，都屬於廣義的環境議題。

因此，選擇領域時如何定位就很重要，如果你定位自己是「環境記者」，就擁有詮釋上述議題的廣闊空間，可以報導的題目很多，而且會去思考議題之間錯綜複雜的關係，如此一來報導的內容就會富於變化且多樣性。

如果定位自己是「農業記者」，立場就會偏向守護農地這邊，並認為凡侵害農地的都屬不對。而且，通常在處理農地徵收時，會傾向報導農民不願意被徵收。但並非所有農民都如此，我曾聽過一位農民說，他一生最大的心願就是農地要被徵收，但我們卻很少認真看待他說的這句話。

當他已年老無力耕種，兒孫也不再務農，土地是他這一生唯一的資產，變賣後可做為養老金或造福後代。只要理解每個人的生活環境差異，就會看到多元價值。

此外，選擇一個較寬廣的領域，也可以避免「被定位」。例如財經雜誌，讀者多半也是關心財經新聞的人，廣告或相關合作也來自財經領域。這種被定位也形成一種制約，當議題之間發生價值衝突，為了迎合你的讀者及廣告客戶，就會做出偏向開發一方的報導。

久而久之因為報導觀點過於單一，排擠了不認同這些觀點的讀者。而那些你本來想要抓住的所謂核心讀者，最後可能因為群族愈來愈小而日漸萎縮。

很多人都有相同的經驗，曾經熱切支持過的作家，只要他們出書就立刻買來看，到了一個階段後，發現他們寫來寫去內容跟觀點都差不多，漸漸地就不看了。

可見寫作的人堅持自己、而非討好讀者的觀點有多重要，新聞畢竟不是商品需要講求利基，公平對待議題是記者秉持新聞價值、最起碼該做的事。

關於這點不得不佩服諾貝爾文學獎得主、日裔英國作家石黑一雄，他不會固守一種風格，有些作品讓人激賞，有些則令人迷惑，但並不影響讀者對他的支持。

累積領域的知識

選擇一個報導領域之後，接著就要從每天的採訪工作中一點一滴累積專業知識。最直接的好處是下一次再遇到類似議題時，可以在過去的基礎上輕鬆上手。

但所謂「累積」，不是把學到的東西原封不動放著，而是要保持不斷更新的狀態。

時代變遷快速，新科技、新觀念源源不絕而出，剛學到的知識可能因為一個新技術、新觀念或法令變更而全盤被推翻。如果沒有查覺到這些更替，而把已經過時的資訊套用到新議題就不妙了。

記者經常在寫完一個議題後就換下一個議題，那些已完成的作品就此結案，即使這件事持續在發展，也因為要關注新議題而不會持續追蹤。但如果有一天遇到類似議題必須處理時，一定要重新檢查並更新知識，如果沒有做這樣的功課，建議最好不要寫。

這跟我們向別人請教議題一樣，會依據過去某人的發言而選擇訪問誰。如果你聽到那位受訪者說：「我很久沒注意這件事……」就要小心了，他可能只依據過去所理解的回答，而那些可能因為過時而無法使用。

剛提到累積知識的好處，以我過去十年來採訪過的三個掩埋場事件為例。二〇一〇年我在寫台南東山永揚掩埋場事件時學到地下水、岩心、斷層等知識，初次接觸感覺艱深難懂，常常在會議中聽不懂兩造在爭議什麼。後來慢慢學漸漸可以掌握他們說的內容，並辨別誰是誰非。

接下來是二〇一八年的高雄馬頭山掩埋場事件，過去寫永揚案打下的基礎就用上了，因為有許多類似的爭議。不過這世上不會有百分之百相同的案子，馬頭山案有其獨特的背景，以及跟永揚案完全不同的抗爭者，不能把甲案的採訪經驗原封不動套用到乙案。尤其法令，一定要重新檢查一遍，避免引用到過時的法條。

而我在寫馬頭山案時又學到新的知識，例如業者開鑿的水井未開篩，造成地下水位監測的誤差。接下來是二〇二〇年的苗栗造橋掩埋場事件，從過去兩案所學到的知識又用上了，但一樣有同與不同，不能直接套用。

此外，記者需要養成「遇到就學」的習慣，而且學的要比你寫得多，稿子是交給報社的，學到的是自己的，沒有浪費這回事。還有，寫完後資料不要丟掉，紙本的資料分門別類歸檔，電子檔也開多個資料夾存放。

保留資料有什麼好處？我來舉空汙政策的例子。從二〇一五年起每一任行政院長從毛治國、林全、賴清德到蘇貞昌，都提出自己的院版空汙政策，我也搜集了這四個版本。每當有新版本時，我就把舊版本拿出來比對，哪些有成果、哪些沒有、哪些又做了修正，一目了然。

要說記者資歷有什麼用，我想指的就是「歷史感」這件事。現在發生的一件事、一個觀念，或許是從很早以前就已經開始，經過漫長的歲月逐漸演化成現在的模樣。當你用歷史的觀點去檢視，很多事情就清楚了。

曾經有一段時間我在寫中科四期事件，某位中科官員跟我說：「我完全同意你寫的，但我要說的是，這件事經過多年政策更替及演變，混雜了很多因素，變成如今這個樣子，已經無法回到最初去討論這件事了。」

的確，除非打掉重練，否則很多事情無法只靠修修補補去解決。我可以理解事務官的難處，但如果知道一件事錯了，不是更需要決斷的政策去改變嗎？

❖建立採訪關係

經營一個領域除了知識累積之外，還需要建立採訪人脈。有人說行走江湖「朋友要多、敵人要少」，這句話套用到記者身上也很貼切。記者需要很多人的幫忙才能完成工作，願意告訴我們真相的人愈多，消息來源就愈多。而能夠請教的人愈多，就愈能做出更好的報導。

當體認到這份工作是集很多人的善意才得以完成時，態度就不會輕率、隨便、得過且過，而是回報以更多的努力、更誠懇的心，以求不辜負這些善意。要建立採訪關係，第一步就從交換名片開始。

從第一天當記者，我們就會在各種場合跟很多人換名片，所以出門採訪名片一定要帶夠，每一張發出去、收回來的名片都是建立採訪關係的好機會。

拿到名片時當場確認一下，如果沒有行動電話，一定要請對方提供，現在可能還需要加Line，以便跟他直接溝通。尤其政府官員，如果你打到辦公室一定是秘書接的，當你表達想約訪時，多半會被這個那個理由拒絕。

智慧型手機發明後，採訪關係有很大的改變，以前總要花很多時間跟首長的秘書建立關係，以防打電話去時不會被「署長這幾天都沒辦法受訪」的理由打發。

而一旦跟秘書建立了良好關係，他們甚至會提供你一些額外的訊息，我之前就常常去找環保署各處室主管的秘書，有時還請他們把處長下周行程表給我看，常常因此跑到獨家新聞。有了智慧型手機之後記者可以直接跟首長溝通，跟秘書的關係反而變淡了。不過首長並不會把下周的行程給我看，這麼說來凡事還真是有利有弊啊。

隨著當記者的時間愈久，名片就會累積愈多，需要時就得從一堆名片中翻找，或「萬事問臉書」向同業求援。有一次我看到一位記者朋友桌上放的電話本，裡面密密麻麻寫了相當多的名字跟電話號碼，我問他如果這本掉了怎麼辦？他聽後楞楞地看了我一會說：「那就完了。」

記者在外真的會掉東掉西的，不是本子掉了、就是手機或錄音筆掉了，我因此疑神疑鬼，在筆記本、手機、皮夾、信用卡……都貼上姓名及電話，以防萬一。

有時心血來潮把名片稍微分類一下，用名片盒放著或用橡皮筋綁起來，不過這還是沒有解決問題。有一天終於下定決心把這些名片、連同自己查詢來的電話用文書檔打起來。我知道記者有一百件比整理名片更重要的事，但只要下一次決心，接下來就只要隨時更新就好了。

有些專業人士的名單並不是換名片、而是主動搜集來的。記者經常要請教專家的意見，需要一些合適的受訪名單。如果你寫水卻訪問空汙專家，或寫土地徵收卻訪問能源專家，得到的答案恐怕難以讓讀者信服。

搜集專業人士電話的方法，可從他平常的演講或文章得知。如果想要探究這位人士的虛實，有時會請教熟悉這個領域的朋友，他們則會給予中肯的建議。

行政機關都設有發言人，或許你覺得凡事問發言人就好，何必那麼麻煩？但發言人通常只會給你官式說法，因為一旦發言不當就會給自己惹上麻煩。而且發言人不一定懂專業內容，想知道更多就要靠自己開拓人脈。

我建議你多跟行政機關的科長或承辦人建立友誼，這個層級的主管不但具有專業能力，也深知行政作業周折，在我記者生涯中就跟他們學到相當多的知識。當他覺得你值得信賴，還會提醒你一些表面上看不出來的事情。

能通過這個層級考驗的人，日後必有升遷機會，如果你沒在他當科長時跟他熟識，等到他升上局長、署長、部長，想跟他建立友誼就不容易了。記者都知道採訪人脈有多重要，但也永遠在需要用到時覺得不足。

❖ 採訪與朋友

不過話說回來，採訪對象的身分會改變，而我們卻一直都是記者。當你們在他位於某個職位時成為朋友，一旦他的身分改變，雙方的關係就會出現微妙的變化。不過這指的不是權力高低，記者永遠都有制高點。

那是什麼樣的微妙變化呢？

人一旦到了某個層級，特別是政治人物，媒體關係之於他變成一件重要的事，而他必須展現對所有記者公平的態度，不能像過去一樣常常給你獨家新聞，或對某個政策直言不諱，這必然會引起其他記者的不滿。如果你還停留在過去的友誼，肯定會產生很大的不適應。

而且每個人都有一些不太想讓別人知道的事，當你們是朋友時你可能會知道一些。當他升到某個職位，你的記者身分反而會讓他心生警惕，對你事事提防。

二〇二〇年在台灣上映的電影《身為女人》（*I Am Woman*），是描述澳洲女歌后海倫瑞蒂（Helen Reddy）的傳奇一生。其中有一幕描述她跟好友、搖滾記者莉蓮之間關係生變的部分，相信記者朋友們看了都心有戚戚焉。

當海倫瑞蒂還沒走紅時，她們是好朋友，反而莉蓮在當時是一位有名氣的記者，她為了幫助海倫瑞蒂，運用自己的媒體關係幫她寫了不少宣傳報導。

當海倫瑞蒂走紅後，莉蓮發現再也無法像過去一樣隨時可以訪問到她，這讓莉蓮無法接受，或許她認為自己在海倫瑞蒂的成名之路有一點貢獻。有一幕是海倫瑞蒂拿著一篇莉蓮寫的文章質問她，在這篇文章中，莉蓮對一位她的藝人朋友多所批評。

莉蓮說：「我只是照實寫而已。」

海倫瑞蒂則問：「她不是你的朋友嗎？」

這篇報導也讓海倫瑞蒂心生警惕，會不會有一天莉蓮也會對她寫出相同的文章？於是想要訪問她又更難了。當莉蓮抱怨時，海倫瑞蒂說：「妳是記者啊。」

而另一方面，記者也可能因為與採訪對象的朋友關係而陷入險境。特別那人是當紅的政治人物，你因為擁有特別的消息管道而在任職媒體擁有特殊行情，為了維護這個行情，就會更加想要鞏固採訪關係，而做出偏向對他有利的報導。於是你可能太相信對方，或急於幫朋友辯護而失去分辨能力，這會讓你的記者生涯毀於一旦。

以下這個例子可能有點極端，但卻是一個警示。

經濟學大師彼得．杜拉克在《旁觀者》這本書中提到英國記者諾艾爾．布雷斯佛德（Noel Brailsford）的故事。諾艾爾在曼徹斯特衛報擔任主筆及編輯，他寫的報導影響深遠，對一戰、二戰期間不信任政治及政客的年輕知識份子而言，他代表風骨、獨立與無私。

一九三〇年代看到法西斯跟納粹日益壯大，布雷斯佛德覺得只有蘇聯的共產主義可以有效制衡，而史達林輕而易舉就利用了布雷斯佛德在媒體的聲望。

然而，當他寫出讚美史達林的文章時，史達林正在實行集體農場、屠殺俄國農民，但布雷斯佛德選擇不信。蘇聯則派出布雷斯佛德的好友邁斯基擔任駐倫敦大使，進一步誘導他寫出對蘇聯有利的文章。

最終在一九三七年傳出蘇聯在西班牙進行整肅時，邁斯基說服布雷斯佛德寫一篇文章反駁這個「謠言」，並宣稱這是納粹的宣傳伎倆。不久這個「謠言」被證實了，布雷斯佛德覺得一生名譽已掃地。

彼得．杜拉克評論布雷斯佛德時說，他這一生唯一的罪惡在「錯信」。布雷斯佛德最終被利用他的蘇聯、以及好友邁斯基遺棄，因為名譽掃地的他已無利用價值。

常被問到，記者在這種情況下該如何自處？這的確是一個相當困難的問題，也沒有一套標準答案。或許最好的方法是脫身，也就是不再處理你那位昔日好友的新聞，因為怎麼處理都不對，總會陷入天人交戰。

常聽媒體圈的朋友說，某某人下台了，我又找回一個朋友了。但友情並不是像開關那樣可以隨意切換，人生中大多數的東西，失去了就失去了，包括友誼。

❖互敬互重的關係

在各種採訪關係中，又以跟政府官員的關係最微妙。如果採訪可以不帶感情，有問必答就簡單多了。但記者跟採訪對象都是人、不是機器，有好惡、也有衡量。

你以為可以公正評論對方，但偏偏又常常有求於人，要求訪問、要求提供資料等等。一旦他查覺你不是那麼友善，被拒訪、不提供資料是常有的事。

二〇一七年我給《商業周刊》做一個高雄大林蒲遷村的專題報導，向前經濟部長沈榮津（現為行政院副院長）、前高雄市長陳菊（現為監察院長）提出採訪請求，但最後都被拒絕。我當下覺得納悶，連商周這個大媒體都被拒絕採訪，可見平常建立的採訪人脈還是不太行。

有一次我跟商周副總編輯劉佩修提起這件事，她聽完大笑：「那是因為妳好嗎，跟我們一點關係都沒有。」

我恍然大悟，的確是因為我沒錯，他們從我過去的報導辨識出我的不友善，當然不會接受我的採訪。不過也可能是我想太多了，畢竟這件事有一定的敏感度，而他們不希望媒體報導後廣為人知，讓政策節外生枝。

總之，少了這兩位關鍵人物的訪問，這則報導就出現不小的缺口，我只好退而求其次打電話訪問前行政院發言人徐國勇（現為內政部長），得到官方的正式回應。

每到這種時刻我就會自我檢討，是不是對採訪對象太過嚴厲，以至於失去包容與彈性？不過我最後還是決定不要東想西想，對方基於什麼考量實在無從揣測。而記者只能忠於自己，並提醒自己對事不對人，不要把個人的喜好加諸於採訪對象身上。也不要做人身攻擊，得饒人處且饒人。

另外一點，記者也要避免被辨識為「自己人」。環境記者通常比較支持環保團體，也因此常被環保團體辨識為自己人，但記者有自己的職責以及該做的事。

有時我們也會被官方辨識為自己人。二〇二〇年台中市政府跟台電，關於台中火力電廠的燃煤使用量爭議不休。我寫了一些報導，或許台中市辨識我較同意他們的看法，一位紀錄片導演來信，說他接了台中市一個委託案想訪問我。我大概五秒內就拒絕了，他回信說理解我的顧慮。

雖然這位導演提出的訪綱並沒有偏頗，我似乎可以暢所欲言，但我的看法雖然跟台中市政府相近，那是出於我個人的判斷，跟台中市政府沒有關係。如果我出現在那個影片上，就會被解讀為支持台中市政府，那就不是我的本意了，而我也沒必要幫爭議的任何一方背書。

如何拿捏與採訪對象的關係是記者永遠的功課。我想只要守住互敬互重的原則，其他應該就不難了。

Chapter 6

對讀者以誠相待

讀者是朋友，不是擂台上的對手，
也不是一旁的觀眾。

——強納森・法蘭岑

美國小說家強納森・法蘭岑（Jonathan Franzen）曾經提出「小說家的十條守則」，第一條就是：

> 讀者是朋友，不是對手，也不是一旁的觀眾。

想像一下你都如何對待朋友？是不是都以誠相待？準備最好的食物、播放最喜歡的音樂，用最熱誠的心招待他們，時時刻刻與他們共享人生的美好時光。朋友之於人生的意義不待多言。同樣地，當你把讀者當成朋友，就會用對待朋友的熱情、盡心盡力寫出好的作品，與他們分享，並期待他們看了有所收穫。

我相信大多數的作者，寫作時或多或少心中都會想到讀者，誰會看到這篇文章、看了會不會喜歡、對內容有什麼建議、是否獲得一些有用的訊息等等。而記者也會期待有誰看了這篇文章後得到啟發，進而付出行動、改變想法，去除那些讓世界傾斜的事，撥亂反正，回復平衡。

每次出書也會跑到書店去看是否放在好的位置，看到有讀者拿起來看時都會怦然心動。也常上網去看銷售排行榜，看到自己的書在暢銷榜上時，都會想究竟誰在買我的書，也會打從心裡對他們深深致謝。

而每當收到鼓勵或肯定的留言就會很高興，尤其在一些場合跟讀者面對面時，看到他們專程撥出時間來聽我演講，拿書給我簽名、跟我合照，都會感到相當振奮。

尤其當他們跟我說，因為看了我的文章或書，人生做出重要改變時，我也會受到鼓舞。另一方面，發現自己寫的文章可能對別人造成影響時，就會更加深刻感受到一種責任感，對所寫的東西也會更加謹慎。

有新聞系的學生告訴我，高中時因為看了我的書立志當記者。也有人說受到我的影響開始關注環境議題。二〇二〇年我在屏東科技大學野保所教授黃美秀的課堂上演講後，一位研究生拿著我的書《走一條人少的路》給我簽名，讓我驚訝的是，這是他拿同一本書給我簽的第二次名。

他告訴我，第一次讀這本書是在他服兵役期間，書中提到的一些環境議題讓他心有所感，於是立志想為環境做一些事。退伍後報考屏科大野保所，也順利考取。

臨別時他對我說：「老師，希望有一天還能再聽到你的演講。」我則好奇，不知道未來有沒有機會在這本書簽第三次名，而到時候他又會在哪裡。

❖用誠懇的語言

對讀者以誠相待的方法之一是用「誠懇的語言」。我們在寫作時會不經意用一些字句，像是「你知道嗎？」或「這件事大部分的人都沒有注意。」或在社群平台常見有人發文前會說：「媒體不報的我們來報。」

寫這些話的人或許只是習慣使然、或純粹想引起別人注意，但讀的人卻會有作者高高在上的感覺，他寫文章是想「教」我們什麼，而他認為這些我們都不懂。

其實會讓讀者心有所感的文章，多半是作者幫他把心裡想說的話寫出來而已，而這些他早就知道了。

對讀者以誠相待，也會用內斂、含蓄、精簡、平實的文字，讓他們輕鬆閱讀，而不是只想賣弄自己的文采或學問。谷崎潤一郎在《文章讀本》書中提到，文章有六個要素：用語、調子、文體、體裁、品格、含蓄。在用語的部分他提出五個原則，第一個就是：

選擇容易懂的語言。

他解釋這句話的意旨是：「誰都可以明明白白地理解。」本來簡單的用語就說得通的事情，不需要故意用困難的迂迴表現。他提到唐朝大詩人白居易的一段逸事。據說他的詩在發表前，會先把草稿讀給沒唸過書的老爺爺老奶奶聽，如果有他們不懂的字句，就會毫不猶豫改用比較平易近人的說法。谷崎潤一郎說：

總之，一心想炫耀自己多有學問、知識、頭腦有多靈光，又想創造前人所沒有用過的新語，好像只有自己最偉大似的，這種標新立異的毛病必須改掉。

❖ 與讀者建立互信關係

不過雖然是以跟朋友聊天的心情寫作，但具體而言，讀者都是哪些人、什麼職業、什麼年齡、抱持什麼樣的人生觀並無從得知。寫作的人不可能像銷售商品一樣先做市場調查，揣測他們的喜好以做出迎合需求的報導。

所以作者只能依隨心思寫出自己認同的東西，忠於自己，坦白以告。只要能擁有一小群認同你的觀點、所謂「基本盤」的讀者就夠了，你要更努力跟他們建立互信、為他們而寫，雖然他們未必每一次都贊同你，但只要知道你是真誠的，就不會動搖你們之間所建立的互信關係。

當然也會有不認同的讀者，有時還會提出嚴厲、甚至惡意的批評。其實要分辨惡意、善意很簡單，真心想給你建議的人，絕對不會使用刻薄的語言。

特別是寫到爭議性高的事件，當你顯露出支持或不支持某些政黨、政治人物，反對陣營就會用激怒你的文句留言，或加註個人評語轉貼文章。這些無非是想激怒你，如果此時你加入論戰，肯定會引發一場大災難。

所以我想，作者在寫作時只要盡其所能把文章寫好，該查證的查證、該釐清的釐清，引用資料不要寫錯，不要故意扭曲或帶風向，就是盡到了作者的職責。

至於文章刊出後的毀譽不需要太在意，畢竟讀者也有表達對你文章喜歡、不喜歡的權利與自由。而作者也沒辦法讓每個人都認同自己，只能釋懷。

❖回應讀者善意的批評

但這麼說並不是讀者的批評都不必理會的意思，有些留言乍看之下不太客氣，第一眼看到時也有一點不舒服，但另一方面又覺得他的批評並非完全沒道理。這時就要深切自我檢討並盡量接受，必要時認錯改正。

有一年台北發生水患，翡翠水庫因濁度太高而停水，由於過去水患大多發生在中南部，我在一篇文章中寫了這句話：「終於輪到台北了」，我的原意是要提醒台北人居安思危，氣候變遷下沒有一定安全或不安全的地方。沒想到弄巧成拙，引來許多批評。

一位讀者留言：「不明白你為何這麼敵視北部人？」看到這句話時覺得很冤枉，也覺得被誤解，因為我從頭到尾就是一個台北人，喜歡台北、把能生活在台北當成一件幸福的事，怎麼可能敵視台北人？另外一位讀者說：「你這篇的觀點我都認同，就是這句話讓我非常反感。」

一句話毀掉整篇文章。

有時我們想用輕鬆或反諷的詞句表達，稍有不慎就會得到反效果。而有些比喻特別敏感，例如北部、南部，不只是端午節時為了北部粽或南部粽哪個好吃，展開永遠不會和解的辯論，南、北一直以來就是政治的敏感話題。

而且經過一些環境事件加持，例如空汙，環保團體為了突顯南北空氣的差異而操作「不要欺負南部人」之後，凡北部人享有的乾淨空氣，都是南部人的犧牲所換來，即便台北並非天天天藍，反而受到汽機車廢氣、餐飲排煙的近身汙染還比較多一點。

不過這種一刀切割的手段太有力量，擴及各個層面，包括交通建設、薪資、水資源分配等等。二〇一七年行政院在「前瞻基礎建設」中編列幾個縣市的鐵路改建、捷運、高鐵延伸屏東等經費，一句「台北有，為什麼我們不能有？」就打敗所有關於投資、運量合理化的討論。

而在政治操作下縣市情結愈切愈細，許多縣市長喊出轄區內的電廠、水庫、焚化爐只能供自己所用，不能南電北送、不能跨區支援送水、更不能幫其他縣市處理垃圾。這些政治語言怎麼看都不能說合情合理。

但報導時的用字、比喻一定要多加小心，可能引發城鄉、種族、階級、性別情結的，都要再三斟酌。

不過，同樣一句話用在不同情境，讀者的感受卻全然不同。二〇二一年台中大旱，四月底終於等到一場雨，有人留言：「終於輪到台中囉！」歡呼聲隨即響起。

這麼說來，同一句話用在不同地方效果截然不同，有時引起忿怒、有時讓人開心認同，作者想用反諷或幽默的比喻時一定要多加小心。如果沒有把握還是保守一點好，用平實的語句，出錯的機會就比較少。

❖有錯就改

而如果有人、特別是素昧平生的人，不只留言，還花時間寫Email給你，用非常客氣的語氣，跟你解釋文章有什麼問題、為什麼他不同意你。這個人肯定是你的天使，你不但要非常珍惜，而且要立刻回應。

有一次環保團體開記者會，指高雄林園工業區沒有光化測站，導致汙染物監測不足，並以此做為改善高雄空汙的訴求之一，我則把這個說法寫入文章中。一位專家來信告訴我，林園工業區雖然沒有獨立的光化測站，但周邊已經有很多空氣測站具備光化監測儀器，可以達到同樣的效果。基於資源充分利用，並不需要再設獨立的光化測站。

我收到這個Email之後覺得有必要釐清，立刻向環保署求證，事實正如這位專家所言，沒有獨立的光化測站並不等同於沒有光化測站。我很快就修正內文，並把修正的文句傳給他，也謝謝他的指正。

我相信當他發現自己的意見被採納時一定很高興，日後也定會繼續支持我的報導。反之，如果對讀者的來信置之不理、延遲回應、死不認錯，一定會給他留下不好的印象，他再也不會來信、也不會再支持你。

曾經有人問我：「已經刊出的文章可以改嗎？」如果是紙本當然無法更改，但也有人提過，報紙或雜誌都應該有勘誤欄，更正前一天或前一期的錯誤，過去蘋果日報就曾經這麼做。而網路文章就簡單多了，發現寫錯當然要立刻改過來，而不是執著於最初刊出的版本。

❖ 幫讀者釐清真相

政大新聞系教授李金銓在《傳播縱橫》書中，談到蕭乾、陸鏗、劉賓雁這三位中國記者對自己的期許：

中國記者一向自許為知識人，秉承以天下為己任的精神，不甘做單純的新聞記者。他們都相信文字有改造社會的力量，以新聞這個行業實現個人的英雄情懷。又繼承為民請命的傳統，企圖以所學貢獻國家現代化。

他提到另一位中國記者成舍我：

他主張報紙必須為多數人說話，因而反對報紙中立。對照美國在七〇年代後社會秩序逐漸回復穩定，鼓吹者的意理式微，主流媒體還是以客觀報導為原則。

我相信會想當記者的人，不會只看上這個工作的多采多姿，或拿這個工作當跳板，當然這樣的記者也有，但絕大多數都跟蕭乾等人一樣，相信文字有改造社會的力量，希望藉此為弱勢者發聲，實現社會公平正義。

不過多數媒體雖然以「為民喉舌」為己任，但新聞處理又奉行所謂「公正客觀」，具體實踐的方法是「平衡報導」，而「平衡報導」又簡化為相同的字數。或許這樣最簡單、也最安全，只要避免判斷就不會被批評。

我還在報社時就經常被指責：「你這篇稿子六百字，其中五百字都在罵甲，只讓他回應一百字。」其實以字數來判斷是否平衡報導一點意義都沒有，重點是記者是否依事實做了判斷，以及他的判斷是否合理。

二〇二一年二月台中東勢下新庄反重劃的住戶，到台中市地政局陳情，多家報導指出，陳情者跟警方發生衝突，最後遭到驅離。陳情者說警察限制他們的人身自由，警方則說他們可以自由出去。到底誰說的對就沒下文了。

有些媒體或許誤會了「純新聞」的意旨，以為純新聞就只能把看見、聽見的原文照錄，不能做個人判斷，以至於許多新聞都會出現以上這種各說各話的情形。來看看紐約時報專欄作家湯瑪斯．佛里曼對純新聞的定義：

> 你的焦點在於發掘事實，除了解釋明顯可見、複雜的一面，還要揭露深藏在表面之下的隱晦真相。

也就是說，純新聞不是各說各話、也不是給雙方相同的字數就好，而是有「發掘」、「揭露」的成份。或許又有人會說，只要有判斷就有權衡、有權衡就會有主觀的成份在，如果要做評論應該另闢專欄處理。

這樣的辯解又過頭了，因為釐清並不等於判斷，不能因此迴避查證、發掘、揭露之責。例如這件事就需要交待究竟警察、民眾誰說的對，而原來事實是這樣的。

當天陳情者到現場後警察立刻關閉大門，連洗手間都上鎖，希望他們盡快離開，警察說沒有限制他們行動，指的是他們可以出去。但警察沒說的是他們管制只出不進，外面的人進不去，到了晚上有朋友想送便當都被阻攔，因此陳情者才會說警察限制他們的行動。

有讀者說：「記者只要把訊息提供給我們就好，對錯我們自己會判斷。」但前提是，記者必須提供讀者完整的訊息，否則讀者就無法判斷。只是原文照錄是不夠的，只要多問一點、多寫一點，就能幫讀者釐清真相。

❖ 判斷要基於合理根據

新聞報導常出現「合理懷疑」，或「恐怕、可能、不排除」等推論語句，用意是幫讀者預測事件的後續發展。但不能憑空想像，要有足夠的資料支持這些推論。

如果你告訴讀者「甲不排除明天會去見乙」，那表示甲已經跟乙約好了要見面，但直到見面前都存在變數，使用推論語是為了保留即使只有一%的出錯機會。

另外當氣象局說：「如果颱風動向及速度不變，不排除在晚間六點發布海上颱風警報。」依照過去的經驗，當預報員說如果、不排除，表示應該八九不離十。

不過即使這樣，當氣象局說「不排除」，你最好還是寫不排除，而不是用「將在」這類的肯定語。天不可測，原本看似直撲而來的颱風突然轉向也是常有的事。

如果任意做沒有根據的推測就會鬧出笑話。二〇一八年九月四日燕子颱風侵襲日本大阪，關西機場淹水暫時關閉，一則台灣新聞下了這個標題：「大阪關西機場重創，恐長期關閉。」相信很多人看到這則新聞都會心生疑惑，關西機場怎麼可能因為一場颱風長期關閉？何況記者並沒有提供任何足以支持這個說法的證據。

果然兩周後關西機場就恢復營運了。或許編輯會說自己有寫「恐」，不能算錯，但讀者可不會這麼認為。當他讀到「恐怕、可能、不排除」這類推測語時，在他心中這件事發生的可能性至少在九成以上。

此外也要避免在事實不明的情況下，做出「有前提假設」的評論。一旦假設不存在，評論就毫無意義。

二〇一九年十一月英國發生一起冷凍貨櫃命案，一開始發布的訊息指死者全是中國人，接著就出現相當多類似「為什麼富裕的中國人還要偷渡？」等評論。

最後調查發現死者並非中國人、而是越南人。也許評論者會說自己有註明「假如報導為真」的前提，但無論如何，前提錯了，評論就一文不值。並不是指出新聞前提，就可以免除自己的責任。

❖為誰而寫

前文提到寫作時心中會想著讀者，但對作者來說，寫作這件事更具有療癒、平衡的作用。成年之後會發現人生充滿挑戰，需要宣洩的窗口，否則就無法獲得平靜。社交媒體之所以廣為流行，就是基於這種需求。說出自己的意見、想法，那些人生的起伏就能暫時回到平整狀態。

村上春樹說：

所有創作行為或多或少都含有自我修補的意圖，某種程度是為自己而寫。

法國作家西蒙．波娃在《論老年》這本書中，提到畫家莫內晚年也曾懷疑過自己繪畫的價值，但這個問題是次要的，因為對他來說，繪畫的樂趣壓過一切。

村上春樹也提到瑞奇．尼爾森（Rick Nielsen）後期的歌有一首《Garden Party》，其中有一句歌詞是：

如果不能讓全部人快樂，
就只好自己快樂吧。

所以作者要先寫得開心，讀者才能從字眼行間感受到那份心情，反之如果作者滿懷陰鬱，讀者也很快就能感受到。記者常追問自己：「寫這個有用嗎？」有些時事評論者晚年還會說浪費了人生之類的話，因為他窮其一生的寫作，並沒有出現他所期待的改變。

不過比起追問寫作有什麼用，作者能從寫作這件事獲得的報償，就是寫得開心。用真誠的心寫作，分享自己的觀點及價值觀，也吸引認同你的讀者支持你、鼓勵你，這是作者與讀者之間所能建立最珍貴的友誼。

Chapter

7

設定一個好議題

「對位式閱讀」要同時理解什麼是形成文本的內容，
什麼是作者所排除掉的。

——愛德華．薩依德

「在眾多事件中，你都如何選擇議題跟設定觀點？」這是我在一些演講場合最常被問到的問題之一。

每天的新聞事件如潮水，還有更多不為人知的，為了交出固定的稿子，記者幾乎無時無刻都在「找新聞」。雖然也常被指定報導題目，但更多的時候必須先交出自己的規劃，然後報社再從中選取他想要的部分。

成為獨立記者之後，雖然跟其他媒體有合作關係，但九九％以上的題目都是自己選擇的。什麼題目會被選到？通常是那些在第一時間就能觸動你心情的人與事。這些在心中交雜沉浮的人與事，會再經過「有限性」的篩選，所謂有限性，包括能發表的篇幅、足供寫作的時間，最後只有極少數能化為文章並刊出。

❖選題的內在與外在影響

這些能被刊出的報導，必定具備一些獨特性，而且這些獨特性會被綜合、而非單一考量，包括：是不是自己關心的議題、擅長的領域、是否具有新聞時效性、社會關注度、或是否屬於重要的訊息揭露等等。

有些獨特性並非由外界定義或顯而易見，而是作者獨到的觀察，看到、感受到別人看不到的特色。而你之所以能看到、感受到，可能是基於自己過去的經驗、或本身對事件脈絡的理解，才能查覺平靜水面下的波濤洶湧。

一般來說，記者、專欄作者、甚至社交平台擁有者會選擇當下最有話題的事件。與其說他覺得此時此刻寫這個題目，因為時效性強會受到較多矚目。不如說這段期間他接收到相當多類似的消息，吸引了他的注意力，當他有話想說，很自然就會選擇類似的題目。

可以這麼說，當我們決定寫什麼、不寫什麼，同時受到外在、內在的影響。外在指的是受訊息的刺激，內在則是自己的經歷以及所學產生的敏感度。

設定議題會經過四道程序：採集訊息、發現問題、研究議題、設定觀點。不過，用「程序」來形容這四項工作也許不是那麼精準，因為有時是反向而行。

例如前文提過的，一件事之所以觸動你的心，必然是基於過去你對這件事的理解，於是這個時候先形成的是最後一道程序的「設定觀點」，然後再回頭去採集訊息、發現問題、研究議題，補足這個觀點框架的骨血。

而這四個程序在進行時，也會在互相否定、推翻之下逐漸往前走。例如，完成採集訊息後，進入發現問題階段時，發現之前採集的訊息不夠或找錯方向，又回頭去找需要的訊息，在研究議題階段也會發生同樣的情形。

為了便於理解，以下依這四個程序分別說明。

❖如何採集訊息

村上春樹在《身為職業小說家》書中提到，小說家必須要有豐富的「故事收藏」，他主要的收藏來自於廣泛閱讀、且以小說為主，採集故事中的細節成為寫作素材。

都採集哪些「細節」呢？他說：

是那種會讓你覺得「咦」、具體有趣的細節。可能的話最好是無法適當說明的、不合理的、微妙而不太合常規的、有點令人納悶的，如果很神秘就更沒話說了。這些豐富收藏就成為寫小說時最重要的寶藏。

記者也需要採集訊息，但跟小說家採集的方法、選取的內容不太一樣，最主要的差別是寫作文體的不同。小說是虛構，採集故事之後可以不拘原型，自由發揮創意重新組合，衍生出新的想法、人物、以及情節。

但報導是紀實，採集到的訊息必須在不偏離原型下，去蕪存菁、以更簡單易懂的方式呈現。採集訊息的來源大部分是中性的資料，包括靜態的報告、計畫書、新聞稿，以及動態的會議、訪談等等。而這些採集到的訊息會再查證、分析、判斷、並為疑問尋找解答。

當然紀實作者也會從書籍、電影、表演、音樂等其他非中性數據採集訊息，有時反而能觸動更多靈感。

有一次站在書店的歷史書區，一位小姐好奇問我都看哪類歷史書？我說，歷史浩瀚如海，除非刻意研究，否則不可能像六法全書那樣有系統地讀。

通常是藉由書籍、電視、電影等文化形式，觸發對某個歷史的興趣，然後去找那段歷史來讀。例如，二〇二一年看了切．格瓦拉（Ernesto Che Guevara）參與拉丁美洲革命前跟好友的一段旅程《革命前夕的摩托車之旅》電影後，我對那段革命歷史產生興趣，就找出他寫的《古巴的革命紀實》來讀。

或是看了日劇《仁醫》、《阿淺來了》之後，對日本幕末到明治這段歷史產生興趣，於是去找更多資料。

關於小說、紀實報導兩者採集訊息的差異，村上春樹提過一個例子，很能呈現兩者的不同。

> 假如有一個人，當他認真生氣起來就會打噴嚏，發現有這樣一個人時，我只會停留在「哦，原來有這種人」就結束了。但有人會想探究為什麼會這樣？是什麼原因造成的？有什麼方法可以治療……。

小說家、記者由於採集的訊息不同、訓練不同，形成不同的寫作風格，很難同時是小說家、又是記者。當然也有不少記者轉型為小說家，但大多不是同時，而是轉換身分。這時雖然文章類型改變了，但過去當記者累積的專門學問反而是一種優勢，成為小說的絕佳題材。

日本小說家橫山秀夫就是一個最好的例子，他在十二年的社會線記者之後，以警政廳為題材寫了很多好看的小說，例如《64》，對於警政廳的運作、警界與記者的關係都寫得絲絲入扣，而這些情節是沒辦法憑空想像的。

或許有人會說，小說不是虛構嗎，為什麼場景必須真實？當然也沒有規定非怎樣不可，但就是說服力不足。雖然是虛構的人物、情節，但如果以某個歷史場景為背景，觀眾還是會要求背景的真實性。例如要寫七〇年代某個小學的故事，如果某些地方錯了就會被觀眾識破，然後說：「不對啊，書包不是那種款式的。」

大澤在昌曾說，小說雖然是虛構，但「出場人物必有緣由」，他舉了以下這個例子：

假設車廂發生一件意外糾紛，有女高中生出現時，這起事件若設定在上午十一點鐘，顯然不合常理，因為這並非她們平日通車上學的時段。雖然小說沒有硬性規定不可以，但她們不會憑空或無故出現在那樣的場合。

至於傳記作家雖然也是基於事實，但採取個人主觀的詮釋方法，這就是為什麼同一段歷史，不同作者會出現不同觀點的原因。中國作家張戎在《慈禧——開啟現代中國的皇太后》書中，就提到她採集資料的方法：

我研究的大量文獻包括諭旨、奏摺、以及其他宮廷文件。有核心人物的日記、信件、筆記。有外國（如英國）的皇家檔案、國會紀錄、外交文件，以及當事人的回憶。所有引號都徵引原文，細節包括天氣、服裝都有出處。

我不用野史，偶爾需要採用時用「據說」一類詞彙標明。我寫歷史，不寫小說。我對這本書的寫作宗旨，除了言必有據，就是秉筆直書。

至於作者要採取何種觀點，她在《宋氏三姐妹與她們的丈夫》這本書的自序中提到：

書中的觀點也會讓一些讀者感到震驚。但是，中國現代史被改竄百年，早就應該重新書寫。我能夠做的，是發掘史料，從而提供新鮮視野。

雖然不同類型的作家採集訊息、使用訊息的方式不太一樣，但寫作時都需要借重小說的說故事手法，才能讓讀者深入其境，輕鬆掌握你想要傳達的訊息。

《哈佛寫作課》這本書的作者之一湯姆・沃爾夫（Tom Wolfe）提到紀實報導借用小說的四種技巧：

1. 盡可能少用平凡的歷史性敘事。
2. 使用豐富的對話，這是最容易讀的文章形式。
3. 描寫人物身分，要能顯示其社會地位。
4. 讓讀者進入某個人物的視角，而非作者的。

但不要誤會了「說故事」的意思，如果在有限的篇幅中，滲雜過多跟核心議題無關的描述，很容易拖垮節奏且模糊焦點。例如報導一位農民受土地徵收之苦，如果花很多篇幅說明他種什麼菜、怎麼種，就會顯得多餘。

或許作者的原意是想藉由他的辛勤耕種，突顯熱愛土地、不願與土地分離的情感。但應該點到為止，畢竟要知道他種什麼菜、怎麼種、如何收割，讀者有興趣的話上網查一下就知道了，不必花太多篇幅說明。

而且這題的重點是在突顯徵收的不合理，為什麼不合理、法令有什麼問題、該如何修法才能避免濫徵等等，才是報導的核心所在。也就是說，任何場景或人物描述，如果不能為核心議題加分就沒有意義。

而採集到的訊息該如何儲存呢？

村上春樹說，只要儲存在腦中就可以了，記下來反而會依賴而忘記。大澤在昌則建議隨身攜帶筆記本，想到什麼就寫下來，以防剛剛出現的美妙點子下一秒就消失。

方法各有巧妙不同，但有些規則是一致的，例如當你要用「」引述某人的話，就必須每個字都是那個人說的才行，只憑記憶可能出現誤差。如果沒有十足的把握就不要用「」，由作者詮釋對方的意旨就好。

我在寫作時經常會突然想起某本書、或某部電影的情節可以用於寫作內容，如果剛好有這本書，就會取出並翻到那個地方原字原句照錄，如果沒有這本書就沒辦法這麼用了。這樣說來，有時看電影或看書，發現一些名句時隨手寫下來，或許哪一天會用到也說不定。

❖如何發現問題

當採集的訊息差不多足夠之後，接下來就進入「發現問題」階段。我們常用「新聞眼」或「新聞鼻」形容那些對訊息特別敏感的人，他們總是能沙裏淘金，但這並非憑空而來，而是跟以下幾個原因有關。

一、有沒有注意看／聽／感覺

戲劇中常出現兩人對話，說話的A滿懷熱情訴說自己的經驗或感受，但說到一半卻發現聽話的B反映冷淡、盯著手機、甚至答非所問。於是A中斷說話問B：「我剛剛講的你都沒在聽，對吧？」

不只人與人會出現這種情形，看資料時也會，眼睛看著字，心思卻已飄向遠方，這樣的閱讀就無法產生意義。因此，能不能從資料中看／聽／感覺到有意義的訊息，第一點就是：有沒有專心看／聽／感覺。

有人宣稱可以一目十行，因為他看書時不斷跳過一些自認為不重要的段落，以為抓取了書中菁華，但有時你非得穿越書中那些看似不重要的段落，才能慢慢蘊釀情緒，看／聽／感覺到書中的重要訊息。

三島由紀夫在《文章讀本》書中提到：

> 請在作品裡慢慢走，雖然快跑十本書的時間，慢行的話可能只讀了一本，可是藉著慢行，你可以從一本書中獲得十本書還得不到的豐富收穫。
>
> 在小說中趨車疾駛，不過是看到主題與情節鋪陳的軌跡。若是慢慢走，你會發現那是一張語言編成的織錦，那些投射在你眼底的圍籬、遠山、鮮花綻放的峭壁，都不只是沿途的景色，更是以一個個詞彙編織出來的美景。

有些資料涉及艱深的專業、或曖昧的法令用語，不論看幾遍、每個字都認得，就是有看／聽沒有懂。這時就需要求助於專業人士，經他們一說立即茅塞頓開。

二、有沒有興趣或關注

通常我們聽到關心的事就有感覺、想知道更多。沒興趣的話題，就算聽了也不會放在心上。因此一則訊息能不能吸引你，取決於有沒有興趣或平常是否關注。

有人會在心中建立快篩機制，把接觸到的訊息立刻分成有興趣、沒興趣，有興趣的繼續聽，沒興趣的則排除。但這麼做可能篩去大半訊息，最好還是保留彈性。

村上春樹的建議是：

> 比實際動手寫文章更優先要做的，應該是養成對自己所看到的事物和現象仔細觀察的習慣。周圍的各種人、各種事，不管什麼，總之要仔細注意且深入觀察，而且對此東想西想，想方設法盡量去思考。
>
> 不過雖說「盡量去思考」，對事情的是非或價值，卻沒必要快速下判斷。結論之類的東西盡可能先保留，甚至刻意延後，當成素材，以接近現狀的方式存留。
>
> 如果從搜集資訊到提出結論的時間縮短，世間將變得一板一眼，沒有緩衝迴旋的餘地。

三、有沒有敏感度

即使具備以上兩點，有注意聽了、也是自己關心的議題，但還是沒有發現問題，這就跟敏感度有關。能否誘發敏感度，又跟對一件事的理解深淺有關。

二〇二一年環保署公布從九月一日起，實施柴油車六期排放標準，且強調氮氧化物排放加嚴八〇％、粒狀汙染物加嚴五〇％。看起來好像是一個進步的政策，但看到一個數據時一定要比對另一個數據，才能看出其意義。

其實這次氮氧化物也不過從二千毫克，加嚴到四百毫克；粒狀汙染物從二十毫克加嚴到十毫克，還是很高，只不過之前的標準太過寬鬆而已。

再對照歐盟二〇二五年就要實施的七期排放標準，氮氧化物標準只有三十毫克，比環保署的六期標準加嚴了近十倍。這樣比較的話，二〇二一年才實施六期標準，非但不是進步，而是遠遠落後於國際標準。

另外一個重點是，新標準只適用於標準實施後出廠的新車，但多數舊車只需要適用出廠當時的排放標準。換句話說，二十年前買的車只要適用二十年前的排放標準，一部檢驗合格的車，依然是一部烏賊車，持續穿梭在學校、市區、建築工地，排放令人難以忍受的汙染。

加嚴排放標準的目的，是為了改善空汙；改善空汙的目的，是為了降低健康危害，如果制定政策不是基於這個考量，而是顧及廠商利益，就違反政策的本意了。

四、保持開放的態度

美國傳奇編輯羅伯·葛特利（Robert Gottlieb）在他的自傳《嗜讀者》書中提到：

> 只要一方相信另一方的判斷和善意，不論雙方如何互動都可以產生成效。作家開放心胸、屏棄自我，才聽得見編輯的建議。而當編輯知道作者會包容、也會接納他的建議時才會暢所欲言。

台灣動物社會研究會執行長朱增宏曾經跟我分享過一個例子。某天他去拜訪衛福部，想要說服他們禁止在健康食品研發過程中做動物實驗。他提問：「化學品不用做動物實驗，為什麼健康食品要做？」

官員回答，因為化學品的結構確定，可以不用做。而食品的複雜性很高，人不是只吃健康食品，還會吃其他很多東西。如果拿化學品的實驗方法去做食品，結果沒問題的可能有問題、有問題的卻可能沒問題。

經過一番討論後，朱增宏發現自己一開始的認知並不完全正確，因為忽略了食品跟化學品的差異。他很快自我修正，並跟我說：「我從這次互動學到很多。」

記者跟採訪對象的互動也是如此，在完稿的各個階段都有自己預設的主題，隨著採集的資料、訪問的意見愈來愈多，一旦發現跟原先設定的主題不同，也要虛心接受並修正，相信一定會比原先設定的更好。

❖如何研究議題

進入到研究議題階段，主要的工作是事實查核，這指的不只是假新聞，而是一些沒有仔細看就會被誤導的錯誤訊息。這也呼應前文村上春樹提出的建議，看到訊息時不要立刻做判斷，保留一點彈性是必要的。

例如，我們在看一本報告時，經常會急著跳過內文、研究方法直接去看結論。但其實結論受到研究方法、假設前提等諸多侷限，如果只看結論，而不看它的侷限，就可能被誤導，或簡化了這個研究要傳達的訊息。

例如一本空氣汙染的研究報告，指甲地的空氣品質良好，但這個研究卻是在夏天做的，就出現一個問題，因為夏季是台灣一年當中空氣相對好的季節，這個時候做的空汙調查，並無法代表甲地全年的空氣品質。

真正有意義的研究是做四季調查，才能呈現每個季節的空氣品質。或持續一段時間例如十年在同一個季節、同一個地點做調查，就可以看出長期的空氣品質變化。

「時間調查論」適用於其他多種情況。例如我們想在某地租店面做生意，想了解當地消費者的購物習慣，一定會調查所有的營業時間，以及節日、周年慶、折扣日等特別日子的情況，不會只調查單一時段。

交通流量調查也是同樣的道理，有尖峰、離峰、假日非假日、晴天、雨天、或當天是否有廟會活動導致車流增加等等。有些特殊性質的調查，則跟氣溫有關。

英國國王學院空汙科學家蓋瑞・富勒在《隱形殺手》這本書提到，二〇一五年福斯爆發改變柴油車測試軟體後兩年，瑞典測量九千台車，結果顯示在攝氏十度時排放的氮氧化物，是在攝氏二十五度時排放的兩倍。如果這個測試是在夏天做的，就不會發現原來柴油車在冷天時會排放更多的氮氧化物。

除了事實查核，對於一些法令用語所代表的意義也要有所警覺。比如當我們聽到「符合標準」，心裡會自然浮現「安全、沒問題」這些字眼。但其實不然，標準是人定的，廠商則會說服政府訂定一個他不需要付出太多成本的標準，而這個標準並無法保證對人體無害。

而那些沒訂標準、或沒管制的，並不是那個不必管，而是政府考量自己的能力所做的決策。過去有些應回收卻未回收的物質例如手機，直到建立處理系統之後才公告回收，在此之前就任由手機隨意棄置造成汙染。

或是二〇二〇年新冠疫情開始發展時，因為口罩供應不及，政府提出「戴口罩三時機」，等到口罩足夠供應後說法又不一樣。因此對於政府提供的數據、制定的標準要提高警覺，他常常考量的是自己的問題，不是你的。

而有些廠商生產排放的有害物質，因為政府無法妥善處理，乾脆連標準都不訂了。我曾經到一家半導體廠商參訪，在展示放流水的自動監測資料時，經理人很自豪地跟我說，他們的放流水全部都優於政府的管制標準。

我問他：「導電度是多少？」

他說：「半導體的放流水並沒有導電度標準。」

是的，半導體的放流水管制的確沒有導電度標準。更早之前，半導體放流水還跟「一般工業」用同一套標準，但半導體放流水中有獨特的危害物質，霄裡溪事件就從友達、華映的放流水檢測到本來沒有管制的銦、鉬。

為什麼不訂標準呢？因為生產後的廢水要排入河川，農田則引河水灌溉，而農業灌溉用水卻有導電度標準，750μmho（微歐姆／cm），但半導體的廢水怎麼做都達不到這個標準，多半在5,000μmho以上。

政府同意工廠廢水排入河川，又同意農民可以引河川水灌溉，然後工廠廢水無法達到灌溉的導電度標準，所以半導體廢水的標準就沒有導電度這一項。這想必會提高作物被汙染的風險，於是建立許多作物、土壤監測方法，發現汙染後作物銷毀、土壤整治。想想看，為了這些不負責任的政策，人民要付出多少代價？

另外一個記者常遇到的是「科學證據」。政府要推動一個政策時會說：「沒有科學證據顯示這個食物吃了會怎樣怎樣。」或在汙染事件過後，被懷疑是汙染源的工廠會急著強調：「沒有科學證據顯示這些出現的症狀，是因為我們工廠排放的物質造成的。」

其實所謂科學證據只是目前已知的部分，而人類未知的事更多，今天認為對的、稱頌的，日後可能發現錯得離譜。當有人說「沒有科學證據顯示會造成危害」時，他其實也提不出任何科學證據，證明不會造成危害。

湯瑪斯・米基里（Thomas Midgley）是美國化學家及發明家，因為發明汽油鉛添加劑、氟利昂冷煤，在他一九四四年過世時被視為二十世紀最偉大的發明家。但到了世紀末他卻名聲驟變，鉛被證實是有毒汙染物，氟利昂也被發現是臭氧層破洞的幫兇。

而其實早在他發明汽油中添加鉛之前，十八世紀就已經出現鉛的危害。為了通過核准上市，把計畫中所有的「鉛」都改為「乙基」。科學家與企業為了自己的獲利掩蓋鉛的危害，直到一世紀之後的二〇二一年，含鉛汽油才完全消失。而台灣在二千年才禁止銷售有鉛汽油，當時還有立法委員要求給業者緩衝期。

記者當然不是預言家，要預知一甲子之後的真相幾乎不可能，但最好對所謂科學證據保持謙遜的態度，因為科學家、企業的良知，真的只有天知道。

❖ 如何設定觀點

在完成以上三個程序後，來到最後一個程序「設定觀點」，這也是一篇文章最重要的部分，作者在此必須直指核心，提出你對這件事的見解。接續前文提到柴油車六期排放標準的政策，我想提出的觀點是：

政府投入大筆經費補助一個在未來即將被淘汰的交通工具，不但浪費資源、且阻礙進步。

二〇一五年爆發福斯柴油車排放造假事件，它在車內加裝一種可以辨別是否正在進行測試的軟體，如果是，就會降低排放以符合標準，但在道路上行駛的實際排放量，又遠高於實驗室的測試值。

這起事件導致消費者信心下降，很多國家也因此減少補助。此外，愈來愈嚴的排放標準也讓車商很頭痛，有的直接取消生產，讓柴油車走向自然淘汰。

而最大的原因在氣候變遷。各國紛紛定出禁售燃油車時程，大約落在二〇二五年到二〇四〇年之間。在政策導引下，電動車或氫燃料車銷售量提高，有專家預測二〇二五年某些區域就會出現黃金交叉，兩者銷售量會呈現五五波，之後電動車或氫燃料車就會大幅提高。

趨勢很明顯，我們要做的就是跟上潮流，但政府卻是逆著潮流走，反而大撒幣補助柴油車，補助項目又多如牛毛，不只汰舊換新，還有調修、裝汙染防制設備、購車低利貸款、減徵貨物稅等等。從二〇一七年至今補助已超過二百億元。只要政府持續補助，柴油車就不可能消失，連帶影響潔淨車輛的未來發展。

觀點，有畫龍點睛的效果，只要能引發讀者進一步思考的方向，這篇文章就達到了它該有的任務。

Chapter

8

具有效率的訪談

要學會問對問題，才能引出答案。

——威廉．金瑟

完成一篇報導有多個環節，其中「訪談」是成功與否的關鍵之一。訪談，顧名思義是訪跟談，記者提出問題、受訪者回答，對回答內容有不明白的地方、或受訪者說出預料之外的答案時，記者再追問、受訪者再回答……。

如此多次來回，從問題引發答案、再從答案引發出問題，一場成功的訪談是一個有節奏、相互啟發的過程。

訪談有公開、私下兩種形式。前者是記者被動參與，例如記者會、突發現場、或環評會、公聽會等公開會議。舉行記者會的一方設定主題，發出採訪通知，記者接收到訊息後，在指定時間前往指定地點採訪。

私下訪談則是記者主動擬定報導計畫、選擇受訪者、擬定訪綱、在雙方合議的時間、地點做訪問。

以下針對各種採訪形式分享一些個人的看法。

❖採訪記者會

記者會是由主辦方設定主題，向記者發出採訪通知，屬於開放性最高的一種採訪場合，不過記者要確保都能收到記者會通知，這又可分為主動、被動兩個層面。

當你開始跑一個領域的新聞時，機關、團體就會搜集線上記者的資料，納入媒體聯絡簿。中大型媒體通常不會被漏掉，但像我這樣的獨立記者、或較小型的媒體就不一定。如果沒收到訊息，先不要猜測是不是故意漏掉你（當然也有這種情形），而是主動向對方提出要求。

我剛離開報社成為獨立記者時，過去我的主跑路線環保署就把我從記者名單中刪除。後來去詢問原因，原來他們的記者名冊都有兩欄：媒體名稱、記者姓名，從來未曾出現過沒有媒體名稱的記者，不過總之他們把我的名字又加回去了，媒體名稱是「獨立記者」，自此其他單位也以同樣的方式把我加入媒體名單中。

台灣的行政機關對記者的態度很友善，加上體認到網路的影響力，現在都以更開放的態度去面對非在機關任職的記者，這也有助於台灣獨立記者的發展。

至於記者會的通知方式，這些年來改變很大，管道更多元、複雜度也提高。我入行的一九九八年，採訪通知多半用傳真機傳到報社，報社主管就會從傳真機上撕下一頁頁傳真，等到晚上記者回報社時一一發給相關路線記者。同時記者也會接到很多詢問是否參加記者會的電話。

手機普及後，Email、簡訊就取代傳真，現在應該沒有人還在用傳真、也很少接到確認的電話了。智慧型手機出現後，有些單位會成立Line群組，直接從這裡發出採訪通知，並保留Email。至於簡訊因為費用高，現在除了有些行政機關還在用之外，非政府部門多半已經取消。

有的則把採訪通知貼在臉書的粉專上，但這麼做記者可能不會看到，漏掉訊息對雙方都不是好事，建議不論用什麼方式通知，都不要取消郵件的通知方式。

另外要提醒的是，現在使用Line群組遠比其他方式重要，不只會發出採訪通知，很多檔案、圖表、照片都只會利用Line群組發送，其他平台則不會。所以針對你經常跑的單位或團體，務必加入他們的群組。

不過Line群組對記者的義務，只有傳送訊息而已，沒有責任、也不能代替決策者回答記者的問題。採訪通知會附上這則通知的新聞聯絡人電話，如果有問題應該去問那位聯絡人，而不是發送Line群組的公關人員。

採訪通知內容通常有時間、地點、到場人士、以及簡短的主題背景資料及訴求。近年來直播的風氣很盛，如果記者會有提供直播，也會事先告知平台。

二〇二一年五月起新冠疫情升溫後，很多記者會改採線上舉辦，採訪通知也會提供線上軟體使用方法，一如來到記者會現場，可以線上發問。不過大家都不太習慣線上採訪方式，尤其麥克風或攝影機的等級不夠，導致有時聲音太小或出現延遲，這些都會形成溝通的障礙。

而那種只有在現場才能感受到的氛圍、人與人之間的交流，全都被電子螢幕隔離。這個時刻就會覺得，能夠到現場採訪是一件多麼可貴的事情。

基於新聞競爭，有些記者拿到採訪通知時會先報導，為了避免被獨家，完整新聞稿現場才會給。不過在還有晚報的年代，如果是下午的記者會，通常會先給晚報記者新聞，因為晚報對早報會產生跟隨效應。當網路可以做到新聞二十四小時傳播後，早報、晚報這種兩段式新聞尖峰的時代，已經像潮水一樣被推到遙遠的地方。

記者會現場提供的新聞稿是事先寫好的，跟現場情況會有出入，例如新聞稿寫A表示意見，但當天他並沒有出席，就一定要查證才不會發生錯誤。

當然記者如果發現A不在，但他的意見又可供參考，可以私下訪問他，這時新聞中就要註明「依據記者私下訪問」等字句，讓讀者理解這是事後的訪問。

不過一般來說A的意見會被寫進新聞稿，應該都是他提供的，即使他當天沒出席，還是可以直接取用，但還是要註明「依據他提供的書面資料顯示……」等語句。

也許你會說，A是否在現場讀者應該不會知道吧，需要交代這麼清楚嗎？這樣說好像也有道理，但我是這麼想的，即使沒有人知道，應該寫對的就不要寫錯。

何況參加記者會的人很多，他們都知道A沒到場，如果我們寫對了，這些極少數的人會知道你注意這個細節，而細節常常是重要的，也會影響別人對你的看法。

❖ 提高採訪效率的方法

記者會雖然是被動參與，但如果能事先做一點功課，就能提高採訪效率。事前研究主題、規劃報導方向、想問的問題事先準備好，現場發問就會更有條理。

很多記者不善於在眾人面前提問，想等到會後再問，但如果有非問到不可的問題，最好還是當場舉手發問比較保險。因為很多講者一散會就急著離開，想問也沒有機會了。特別是一些平常很難約訪的人，趁他還在台上時提出你的問題，就能得到他公開的說法。

至於細節則可以留待會後再問沒關係，通常行政機關首長參加記者會時，相關處室人員也會在現場，以便會後回答記者問題，這時最好也把想問的問題全部問到。

另外，記者會是跟同業一起採訪，要遵守一些不成文的「共訪禮節」。例如，為了讓大家都有機會發問，最好每位記者只問一個問題，追問也要適可而止。

採訪現場偶爾會出現同業之間的爭執，例如甲的提問被其他記者採用，有時甲會認為那是他的提問，別人無權引用。不過這畢竟是在共訪場合的提問，應該視為大家的問題，因為其他人可能也有相同問題，只因為甲先問了。原則上同業應該互相幫助，而不是拘泥於小節。

還有，偶爾我們去參加一個記者會，並不是對那個議題有興趣，而是為了訪問某人，之前可能為了某個議題要訪問他，但他不願意受訪或時間不方便。見面三分情，也許他就願意回答問題也說不定，即使回答得再精簡，還是會透露蛛絲馬跡，這對記者來說非常可貴。

不過要提醒的是，這種情形只能私下問，不宜在記者會中問跟主題無關的問題，不但突兀，最後也可能自討沒趣得到「這跟今天的主題無關不予回答」的答案。

❖ 採訪會議

會議有多種形式，有的是行政機關針對開發案，事先組成委員會的審查，例如環境影響評估、都市計畫、區域計畫等。此外還有說明會、公聽會、聽證會、研討會，以及立法院八個委員會質詢、協商等等。

有些會議訊息會揭露在網站上，但不會發採訪通知，例如環保署的環評委員會有一個專屬網頁，可以查到中央及地方的環評會訊息，也可以下載環評書、歷次的審查結論等等，記者要主動上網查詢並下載資料。

不過這類會議並不是都公開給記者採訪，不同機關有各種跟記者不成文的規定。遇到不開放的會議要怎麼辦？當然是盡量爭取，否則就無法報導。

例如，現在可以在內政部營建署的專屬網頁上查到都市計畫、區域計畫、土地徵收等開會訊息，但以前是沒有的。二〇〇九年我剛開始做獨立記者時，第一次到區域計畫委員會採訪中科四期案，就連同環保團體一併被趕出來，因為之前沒有記者會來聽這種會議。

說來，內政部營建署幾乎成為環境新聞「消失的一環」，依照傳統的分線方式，內政部記者屬於政治組，而且可能還兼跑同在濟南路對面的立法院，不會特地跑到八德路的營建署去採訪這些跟土地變更相關的審查會。

隨著土地徵收成為社會抗爭的焦點，都委會、區委會這類會議愈來愈多人來表達意見，最後他們決定比照環保署的資訊公開方式，同時訂定「旁聽要點」。不過開放程度至今不穩定，進入委員討論時就不給聽了。

開一扇門就會開啟另一扇門，反之關一扇門，門就會愈關愈多。我們就常常以「環保署的環評會可以採訪，為什麼地方不行？」去質問地方環保局。

第一次去高雄市環保局採訪馬頭山掩埋場環評會時，當天不開放採訪，是請認識的朋友掩護才進入，並頂替一位事先報名朋友的名字才順利在場聽完會議。

在持續爭取後，環保局逐漸放寬記者在場採訪。倒是環保署有時還會反問：「為什麼別人可以不開放，而我們要開放，害我們被別的機關指責。」

我只好說：「做為其他部會的榜樣，不是應該引以為傲嗎？」不過他們也不時有一些小動作，對此記者要時時提高警覺，以防開的門又再度關上，未來要再開門就不容易了。例如位於捷運大坪林站的中央災害應變中心，三樓是會議室、四樓是記者室，三、四樓空間是開放的，原本記者可以從四樓全程看到三樓的開會過程。

到了二〇二一年枯旱會議時卻把四樓的窗簾拉上、開會聲音關閉，在四樓的記者再也聽不到三樓的開會過程，只能參加會後記者會，這真是一件不幸的事情。

這也說明採訪權並不是理所當然，更不是天上掉下來的。我們現在享有的採訪權，是前人種樹的結果，我們也有責任細心守護，為下一代開出更多的採訪大門。

❖選擇適當的訪問方式

私下訪談有面訪、電訪、視訊，電子郵件或Messenger、Line等等，分別適用於不同情況。

第一優先是面訪，記者是透過不斷的訪談，逐漸跟採訪對象建立互信關係。能力也是透過大量訪談逐漸累積起來的，學會如何營造氣氛，如何讓對方因為信任而暢所欲言。也知道何時該提問，何時要仔細聽對方說話、不要隨意插嘴。這些都需要不斷練習才會熟能生巧。

其次是電訪、視訊。Messenger、Line、Email則比較適合補充訪問、確認數據及訊息等用途。不過Email只有單向傳輸，如果需要立即雙向溝通就不合適。但如果只想單純安靜地傳遞訊息，就可以免去在線上回覆的麻煩。

這只是依我個人習慣做的分類，有些受訪者不太喜歡面訪或電訪，筆談反而能讓他們暢所欲言。不過我遇過一次奇怪的請求，一位學生來信約訪，列出訪綱並註明請我不要打電話給他，直接依照訪綱打好傳過去即可。

由訪問者提出自己喜歡的訪談方式、而不是依照受訪者的意願，感覺有點唐突。而且要求受訪者直接在問題後作答也太奇怪，當然我也沒有理會。

❖選擇好的訪談地點

要營造好的訪談氣氛，首先就要有一個好的地點。什麼是好的地點？就是只有訪問者、受訪者，沒有其他人在的場合，你們的談話不會被干擾、也不必擔心被聽到。那應該是一個封閉空間，例如私人辦公室、研究室、或會議室。而不是公關室、記者室、休息室這類有人進出或附近就有同事辦公桌的地點。一旦查覺回答記者的話會被聽見，就會用避免出錯、謹慎小心的語言。

另外也常見幾位記者用電話擴音聯訪，通常是針對剛剛舉行的記者會或新聞稿一些需要再說明的問題，因為是大家共同的問題，就想到用這種共訪的方式。不過這還是一個開放空間，同樣只會得到保守的回答。最好到他的辦公室或打電話單獨請教，他比較能暢所欲言。

人物專訪則最好能在受訪者熟悉的地點，這會觸動他許多回憶，情感也會自然流露。對記者來說，走在他所敘述的場景，也會更深刻感受到形塑他人生觀的足跡。

我曾訪問台南鐵路東移的徵收戶陳家女兒，她提到父母親如何一磚一瓦建立起這個家，並從父親求學、工作、住家地點的選擇，感受到父母守護家的決心。

她的父親從台南成功大學畢業後，選擇在嘉南農田水利會工作，期間有不少高薪的外派機會但他都沒有接受，默默在這裡做一個工程師到退休。說到這裡她從家中相本翻出一張照片，父親站在曾文水庫還未蓄水的庫區，參與過曾文水庫的建造，是父親一生工作的榮耀。

她提到家人的成長記憶都圍繞在走路、或騎單車就可以到達的地方。我於是跟著她從成功大學、走到家所在的青年路、嘉南農田水利會，走完一遍後發現如她所言。家人各自懷抱著夢想，圍繞著古都的日常。

也許我也可以等她到台北時約在咖啡館訪談，得到的訊息可能差不多。或是用google定位系統點出以上三個地點的距離，得到的結果反而還更精確。

但如果不是自己花錢、花時間從台北搭高鐵到台南，並且實實在在走一趟她所說的那些地點，我應該不會深深體會這個家人的情感是如何緊密相連，同時理解他們為什麼能堅定信念，為守護家園而奮鬥不懈。

訪綱的必要

常聽同業討論該不該給受訪者訪綱，如果對方要求還會解讀成不信任自己，我想這是多慮了。要提高訪談的效率，採訪大綱是絕對不能少的，它像一張地圖，帶著訪問者、受訪者一起走在通往目標的路徑上。

訪綱對記者而言也是重要的。我在進行一個專題前，會花不少時間、針對不同受訪者寫訪綱。這個過程幫助我釐清真正想問的是什麼、有沒有問到重點等等。

而且我會把所有想到的問題都列入，即使這可能超過設定的主題。一位曾經跟我一起做訪問的攝影記者問我：「這個人的訪問可能只會用到一分鐘，但你問了快一個小時，這樣是不是太浪費了？」但我並不這麼認為。

我們給對方的訪綱，是依照當下所設定的題目，但既然有機會坐下來訪問，不妨多問一點，這並不會花太多時間，但以結果來說，卻可能產生重大意義。

這在之前也已經提過了，我們在訪問時可能獲得一些原先沒有預料的答案，因此全盤推翻之前的假設與命題，把題目帶到更深更遠的地方。如果訪談有什麼令人驚喜的地方，我想就是這個了。因為無法預期，所以最好不要太相信自己，多問，是給自己可能改變主意的機會。

此外，有了訪綱受訪者才能依照題目一一準備，這跟開會前所有與會者都應該對會議內容、希望達到的目標有所掌握一樣，目的是提高會議（訪談）的效率。反之，如果受訪者沒有訪綱就無法事先準備，只能隨機應變，而這通常不是他的最佳答案。而且，如果訪談內容涉及明確的時間、地點、數字，你大概不能期待對方能當場答得出來吧。與其對方說「這個我不太確定，你再查一下」，或是「我之後把資料找出來再回答你」。不如先給他訪綱，讓他好好準備回答的內容。

而就算是訪問熟悉的朋友，訪綱也不要省略，避免一見面天南地北聊開了，忘了來訪目的。我偶爾也會接到受訪請求，即使認識的同業或朋友，也會要求提供訪綱，這樣我才能好好準備，提供給對方有用的訊息。

也因為受訪很花時間，所以會慎選受訪者，考量的因素當然跟交情有關，認識的朋友應該都會說好。如果不認識，考量的依據之一就是訪綱寫得好不好。

這麼說來，訪綱也會影響對方的受訪意願，那訪綱該怎麼寫呢？建議可以掌握以下三個要領。

一、不要把自己查得到的訊息問對方

二〇一四年高雄氣爆後，我跟一位環保團體的朋友到現場，期間她接到一通訪問電話，我看到她露出不耐煩的表情，掛斷電話後我問剛剛怎麼了。她說：「他問我十大建設是哪一年？這不是自己上網查就知道了嗎？」

把自己輕易就能查到的問題拿去問對方，是訪問的大忌，這會讓對方覺得你沒有做功課。而且，應該沒有受訪者會對於被當成查資料員感到舒服吧。

威廉·金瑟說：

> 採訪前該做的功課都要做好，如果你問的是事先查得到的事實，就會遭人家白眼。

他強調，如果要訪問公眾人物，關於他的學經歷、職位、在某次選舉的得票數、支持什麼、反對什麼，應該要事先查清楚。訪問作家，應該要先得知他有哪些作品，書裡都寫些什麼。如果你在訪問中提到他在書中的觀點，或曾在某場演講說過什麼獨特的話，受訪者都會覺得窩心。當他覺得你有備而來，態度也會更認真。

二、題目要明確

訪綱的題目務必要明確、且直指核心，過於開放的問題只會得到空泛的答案，因為對方無從猜測你對這件事的哪一個面向有興趣。比較以下兩種問法：

(1) 你對區段徵收有什麼看法？
(2) 區段徵收經常所取大於所需，這樣合理嗎？

當然是(2)比較好，對方會明白你想問的是區段徵收的合理性、必要性，就會導向這方面的論述。如果是(1)他可以回答的範圍就非常廣，包括從政府的角度去談區段徵收對政府的好處例如財務自償，而這可能不是你想問的。

三、避免偏見

我們會向受訪者提出訪談請求，一定是為了想聽他的意見，但如果在訪綱中顯露自己的偏見，對方很容易就會查覺、且懷疑你的立場而拒絕受訪。

我曾經在《商業周刊》做過一個台灣農地消失的專題，向農委會一位處長提出訪問請求。其中一題是：

> 十年來台灣的糧食自給率愈來愈低，優良農地還應該持續釋出嗎？

那位官員回信：「妳都有答案了，幹嘛問我？」

我很快意識到這個問題的偏見，因為我已經設定「糧食自給率愈來愈低」，而且好像在指責他沒有好好保護農地，當然會引起他的不快。我很快回信道歉並修改成：

> 十年來台灣的糧食自給率有何改變？如果要達到農委會設定的四成目標，目前的農地是否足夠？是否有將休耕地復耕的計畫？

後來他就接受我的採訪了。

說到記者的偏見真是無所不在，這可能是平常的訓練以及工作習慣養成的。長久以來我們被訓練報導異常、而非平常，久而久之就養成極端的報導觀。例如報氣溫時，如果夏天就會報最高溫度，冬天則會報最低溫度，即便我們知道一天二十四小時的氣溫在一個差距蠻大的範圍內。

另一個例子是菜價，果菜市場有高、中、低三個等級的價位，但菜價上漲時記者會報最高價，跌價時則會報最低價，其實市面上買得到的多半是中價。另外，批發價跟市價之間也有距離，如果只報批發價、而不去市面上實際查看市價，就無法給消費者實用的參考訊息。

偏見不只文字，也會出現在照片中。

村上春樹提到一個例子。《波士頓環球報》曾經有一個日本特集的攝影報導，其中一張照片是幾百個上班族穿著黑色大衣，低著頭朝同一個方向走，一片靜默的黑。他說看到這張照片時，心中立即浮現這樣的想法：

這些人怎麼看起來這麼不幸，好憂鬱，一副不想上班的樣子。但仔細想過後發現，下樓梯時不都往下看嗎？何況這是冬天，縮著脖子穿著大衣不是很正常嗎？而且日本人的髮色多半是黑的，應該不是都懷抱黑暗的心情吧。

拍攝者的報導角度誘導出一種偏見，日本人是一個像螞蟻般工作的族群，好像也迎合一般人對日本的印象。

村上春樹提醒：

當你覺得某些事跟你的認知相同時，警覺性就降低，因而被騙了也說不定。

❖不必拘泥於訪綱

前文提到訪綱像一張地圖，是訪談的基礎，但實務上訪談並不會依順序一題一題問下去，有時回答第一題時連同以下幾個問題也一併提到了。如果你在之後又問一次，他很快就會發現你沒有注意聽，這對受訪者來說會有一點打擊，特別是他很熱切地述說某件事情時。

所以訪談時一定要非常專心，我會把問題用Ａ４紙張單面列印，並用一個Ａ４的板子夾住。單面列印的好處是不必翻頁，訪問時把紙張翻來翻去，對雙方來說都是一種干擾。而如果你在錄影或錄音，也會夾入翻頁的雜音，影音檔可能就無法放進影片中使用。

用板子夾住紙張還有一個好處，如果室內訪問，通常雙方會坐在面對面的沙發或椅子上，前方並沒有桌子，硬殼板子放在膝上，做筆記就有支撐。如果室外訪問就更不用說了，可以輕鬆寫字，又不必擔心紙張被吹走。

列印訪綱的紙張，每一題之間要留幾行空白便於做筆記，對方回答過的問題一一打勾，剛剛的回答需要再追問的則快速筆記，確保問答之間保持一定的節奏。

還有，最好不要一邊訪談、一邊打電腦，這會讓彼此分心，何不打開錄音機，全神貫注在訪談上，採訪筆記回去再慢慢打就好了。

此外，訪談時還有以下幾件事要特別注意。

一、不要讓對方有被突襲的感覺

給對方訪綱時可能會被要求換題目，或事先言明不回答某些問題，如果你承諾了最好遵守，當然記者對訪談這件事多半存有企圖心，心想先答應了再說，如果訪談氣氛不錯，也許有機會額外追問也說不定。

但這麼做一定要很小心，絕對不能讓對方有被突襲的感覺，否則他可能當場翻臉。那如果他真的翻臉了怎麼辦？就不動聲色趕快換下一題吧。

二、不論多熟的朋友，都要記得你在工作不是聊天

有時訪問較熟的朋友，偶爾岔開話題在所難免，但如果天馬行空聊開就不妙了，因為他可能只有三十分鐘，然後你們花了二十分鐘聊天，什麼都沒問到就結束了。

所以，訪問前最好問對方有多少時間，如果離題太遠就要快點把話題拉回來，否則這個訪談就白白浪費了。

三、不要急著問問題而打斷對方

我經常在打訪問逐字稿時，發現自己有打斷對方說話的毛病，有位攝影記者也提醒過，我總是迫不及待把對方的尾音打斷，導致他說的這句話無法收音。

當然，訪談時如果對方話題拉得太遠，也要適時打斷把話題拉回來，但無意識且習慣性地打斷對方說話，事後又發現他正在講一件重要的事，真的會深深懊悔，這讓我下決心要把這個毛病改過來，但還是經常犯規就是了。

《哈佛寫作課》作者之一亞德里安・妮可・勒布隆克（Adrian Nicole LeBlanc）提醒：

> 如果我能更常閉上自己的嘴，就會知道更多事。但要有這種頓悟，需要時間累積。
>
> 絕大多數的人不管什麼年齡或社會階層，都很少會被單純傾聽——中間不會被打斷、沒有被問問題，並且對方對你說的話，會在深思熟慮之後才回應你。

對受訪者表示感謝

最後，對於願意撥出寶貴時間接受我們訪問的人，都要心存感謝，如果我們有任何值得被稱讚的報導，都源於他們的慷慨分享。具體表達感謝的方法很多，包括訪問時請對方喝一杯咖啡、事後寫一封信感謝他、文章刊出後把網頁連結傳給他、或寄一份雜誌給他等等。你的一點細心跟誠意，對方一定能夠感受到。

Chapter

9

對受訪者的公正

有數個相似用語的情況下，如果以為哪一種都一樣，
表示你的想法還不夠緻密。

——谷崎潤一郎

威廉・金瑟認為，作者在整理訪談資料時有兩個責任，一個是對受訪者、另一個是對讀者。

你對受訪者的道德責任，就是正確呈現他的立場，如果他對某一件事很謹慎地兩面並陳，而你卻只引述他對其中一方面的看法，讓他看起來好像偏袒某一方，這樣就是扭曲了他的話。

威廉・金瑟強調：

你在處理的是一個人的名譽跟信用，同時也是你的。

簡言之，威廉・金瑟認為，作者具體實現對受訪者的道德責任就是「公正」，而這必須是「實質的」公正、而不是「表面的」公正。要讓他的發言在文章中佔有關鍵的角色，而不是只把他的話當成表面公正的裝飾品。

❖ 對受訪者的公正

為了一篇報導，我們訪談了數十人，逐字稿打了五、六萬字，再加上背景及補充資料，完成一篇五、六千字的報導。大約只有十分之一的訪談內容及資料，最後化為報導的一部分，如果單單以訪問內容而言，可能不到二十分之一。也就是說，如果你訪問一個人他說了二千字，最後會被用在報導中的大約只有一百字左右，有時還更少。

為了選出這二十分之一的受訪內容，作者要多次選取、刪除、重整、拼接、改寫。而且同樣的程序來回多次，剛剛選取的可能捨去，捨去的可能再被選取。

這無論如何是一件帶有主觀性質的工作，而這個主觀性從選取受訪者就已經開始了。在眾多人士中為什麼選擇訪問甲、而不是乙？就受到主觀性的左右。

通常我們會選擇認同、支持、喜歡的受訪者。當然也會訪問不認同、不支持、不喜歡的受訪者，大多數情況是為了平衡報導、或被上司指派不得不的訪問。

年輕記者的主觀性比較強，我聽過一位媒體主管說，她要求記者去問某政黨的說法，而這位記者的政治立場並不認同這個政黨，於是回以「沒必要訪問」。但這麼做就排除了聽見另一方意見的機會，相當可惜。

這麼說來要降低主觀性，最好的辦法就是把對受訪者的好惡降到最低，單純以科學論述來取捨，對事不對人，覺得誰說的有理就訪問誰，當然這也有主觀的成份，但去除對人的好惡之後就相對容易。我知道這很難，我也無法完全做到，但至少要有這樣的認知、並時時提醒自己。

而不論訪問誰，最後在選取他的發言時，必須要做到威廉．金瑟說的「公正」，這有以下幾個層面。

第一點：不只忠實呈現他的立場、意見而已，還要保有他的風格，包括他個人慣用的語句

有時我們從報導中看到熟悉的人發言，心裡會浮現「這就是他會說的話」。反之，一旦作者修改了受訪者的語句，也會查覺：「這不像他說話的口氣啊。」

每個人都有自己慣用的語句，他也一定記得自己受訪時說過的每句話，用了哪些精挑細選的獨特陳述，一旦記者沒有使用、或自己改寫了，他立刻就會發現。

威廉．金瑟提醒：

> 如果是受訪者精心挑選的字眼，你就應該特別留意專業倫理，逐字引用。大部分的採訪者都很馬虎，多半覺得只要大概的意思到了也就可以了。其實不然，沒有人希望看到任何文章引用他不會使用的字眼或詞彙。

第二點：選擇最貼近他原意的說法

訪談過程中，受訪者用了許多相似的形容詞或說法，看起來好像差不多，但其實有微妙的差異。

谷崎潤一郎在《文章讀本》書中提到「走路」的各種同義語包括：散步、散心、漫步、蹣跚地走、柱杖而行、隨意走走。如何選擇？他說：

> 有數個相似用語的情況下，如果以為哪一種都一樣，表示你的想法還不夠緻密。如果再注意想想，仔細推敲看看，一定會知道某一個用語，比其他用語更適切。

說到仔細推敲用語，想起二〇一七年我在《商業周刊》做的封面故事「大林蒲——八百根煙囪的家」，當時訪問一位二十三歲的在地影像紀錄者，其中有一段是他提到從小看著煙囪長大，以為那是理所當然的存在時說：

從我出生開始，眼睛一張開就看見煙囪，慢慢長大後才知道，幹！原來這根叫做煙囪。

我在寫這句話時，第一次把「幹！」這個字拿掉，因為覺得有點不雅，也自以為是他的口頭語。拿掉之後的句子如下，倒是怎麼看都覺得這句話的力道被削弱了。

從我出生開始，眼睛一張開就看見煙囪，慢慢長大後才知道，原來這根叫做煙囪。

我考慮很久，發現這個「幹！」滿溢著他對家鄉這麼多煙囪的不滿情緒，還隱約有一種在成長過程中受騙的感覺，他之於煙囪是「當事人」。如果拿掉這個字情緒就不見了，變成只是平舖直述，而他像個「局外人」。

最後我問他放入這個字好嗎，他說當然好啊。同時也問商周的編輯，他們也說沒問題啊。顯然很多時候，我們以為顧慮到別人的感受，其實是自己想太多了，於是最後關頭又把這個字加回去。每次翻開這篇報導時，我都很慶幸當時所做的決定。

第三點：保留原意的適當刪改

不過，有時受訪者在陳述時夾雜很多口頭語，即使要用「」處理他的原句，也不宜整段照錄，而是刪除不必要的，從幾段發言中拿出所需，變成一段緊湊的詞句。

威廉．金瑟說：

> 你有責任給他們最緊湊扎實的成品，大部分人講話都會迂迴曲折，有時還會穿插一些不相干的故事或瑣事，很多都非常有趣，不過仍然不相干。訪談如果要成功，就得呈現出重點，不浪費多餘的文字。

這麼說來，作者對受訪者、讀者的責任是一體兩面，好好整理受訪內容，也是為了給讀者最好的閱讀感受。而經過細心整理過的文句，又不會被質疑「那不是他說話的語氣」，就是盡到了對受訪者公正的責任。

❖為了精確，最好錄音

有時受訪內容與報導之所以會產生誤差，並不是記者主觀選取的結果，而是筆記造成的。例如受訪者說：「今天天氣真好啊。」筆記可能寫成：「今天天氣很好。」意思看似相同，但你一定可以查覺兩者之間些微的差異。

減少誤差最好的方式就是錄音，同時做完整的場記。如果是記者會、研討會等公開場合，現場錄音、以及事後引用，評估沒有太大爭議的話，並不需要徵求對方同意，如果有顧慮，還是問一下當事人比較好。因為我們的評估是基於自己的準則，卻不一定是對方可以接受的。

另外，當情緒受到外力影響時，有些人會說出沒有預期要說的話，事後他可能覺得不妥，此時記者要幫對方做一些緩衝或修正，避免造成他的困擾。

而影像又更敏感一點，首先要注意拍照禮節，鏡頭是一種武器，很容易讓對方有被侵犯的感覺，應該沒有人會對於被近距離拍攝感到開心吧。官方也可能以此為藉口禁止在會中錄音錄影，這點在環評會就經常發生。

事後選擇照片時，不用說一定要基於善意，但你應該也注意到了，很多情況並非如此，從選擇照片就能反映出作者的好惡。對喜歡、肯定的人，就會精心挑選他最好看的照片。反之，對於不喜歡、不肯定的人，有時還會刻意挑選最不好看的那張，但這麼做對受訪者來說未盡公平。

不過，不論喜不喜歡對方，如果照片要做特別處理，例如做封面、特寫，或是生病、傷殘這類比較敏感的畫面時，基於尊重，還是要取得當事人的同意。

遇到冗長的會議，如果全程錄音或錄影，事後整理逐字稿會耗費很多時間，此時可稍做篩選，但這麼做要承擔一些風險，當你聽到關鍵發言時才緊急按下錄音鍵就已經來不及了。建議還是全程錄比較保險，搭配筆記，記下每位發言者的音軌，事後整理時就比較省力。

另外一個需要全程錄音的理由就是之前提過的，我們在選取受訪者的談話內容時經常會改變主意，當場判斷用不到而沒錄的內容，事後又想用時就很傷腦筋。關於錄音這件事，不要太相信自己，最好保持餘裕。

而且不要心存「沒錄到的話再補訪就好了」的想法，事後要花很多時間才能再把訪問補回來，即使這樣也已經不一樣了。能掌握的事就盡量先掌握起來比較安心。

如果是私下訪問，大多數受訪者不會拒絕錄音，但禮貌上在打開錄音機前還是要先問：「我可以錄音嗎？」有人說錄音可能讓受訪者的態度變保守，這個我覺得還好，不過如果是錄影的話，對方的確會比較顧忌。

當我變成受訪者時，看到對方沒錄音還會提醒他：「這樣沒關係嗎？」因為我很擔心他是否能記住我說的每句話、並且在需要時正確引用。不過當對方回答沒問題，我也不方便再說什麼，畢竟這是他的報導、不是我的，每位作者都有權利決定自己的採訪方式。

倒是很多訪問之後都石沉大海，我也無從得知談話被如何處理。一位曾訪談過我的研究生寄來他的論文，我熱切地打開來看，很遺憾看到一些我的意見、甚至基本資料都出現錯誤。回想起來，這位同學自從訪談過一次之後就沒再聯絡，而我應該沒有忘了跟他說：「如果有不清楚的地方，可以再問我沒關係」吧。

我們有時會擔心，針對一些不清楚的訊息，如果要求確認會不會打擾對方。但請千萬不要這麼想，訪問後發現不明白的地方是很正常的，與其擔心打擾對方，不如這麼想，你的受訪者也不希望看到你寫錯吧。

只有很少數的情況，對方會請我暫時關掉錄音機，這些情況可能是當訪談進入到一個階段、雙方談興正濃時，受訪者想多講一下可能是內幕或傳言之類的事情，會要求暫停錄音，也請你不要寫，如果你答應了就請照辦，否則信任關係就會出現細微的裂痕。

不過也有記者認為採訪時不需要錄音，只要記下重點就好，如果錄音再打逐字稿，感覺好像訪問重來一遍，很浪費時間。也有記者認為，錄音會讓記者放下警戒，以為有錄音了就不會專心，反而錯過很多觀察機會。

這些理由不能說不對，特別是即時新聞，錄音再打逐字稿的確會拖慢速度。不過這並不是選擇題，你還是可以一邊完整錄音、一邊仔細做筆記並寫出即時新聞。在寫即時新聞時如果發現不太確定的地方，還可以打開錄音檔轉到那個音軌確認，全程錄音應該是有益而無害的。

❖做完整的場記

訪談後的第一要務就是做場記，這包含逐字稿以及記者的現場觀察。先說現場觀察的部分，我會記下現場的氣氛，說話者及聽話者的語氣、表情、動作、穿著、擺設、標語等等。另外還會加註日期、時間、天氣。

這些現場觀察不但可以為報導增加效果，而且會讓記憶更鮮明。二〇〇九年我剛做獨立記者的第一個採訪，就是去後龍區公所採訪「後龍科技園區」開發案說明會，第一次看到現在大大有名、人稱女俠的灣寶洪箱女士。

她在記者會開始後大約二十分鐘才到，騎著摩托車到現場時霸氣十足，車子直接停在門口，打赤腳跳下車，順手拿起車上一把沾滿泥土的鋤頭，衝進現場喝斥那些坐在前排代表開發派的人，那些人聽到她的聲音驚慌跳開，這場說明會瞬間流會。我把這個畫面仔細寫下來，每次重看筆記，那個畫面就會立刻出現在腦海中。

另一個場景是二〇一二年四月二十二日國光石化最後一次環評會。會議中看到環保署綜計處長一直在接手機，並多次遞紙條給主席。本來上午還慢慢審，過了中午突然加速，接著很突兀地宣布結束，並做出兩案併陳的結論。

就在會議結束不久，總統府發出採訪通知，前總統馬英九要針對國光石化開記者會，這時大概猜到是怎麼回事了，他在會中宣布不支持國光石化在彰化海岸開發。四月二十二日是世界地球日，安排在這天舉行環評會，這場戲的腳本早就寫好了，環保署控管流程以配合總統府的時間。於是剛剛那些會議中的無聲動作就有了意義。

❖ 逐字稿的要領

關於如何整理逐字稿，有以下四點建議。

一、除了明顯無關的內容，最好全部都打

有時為了節省時間，我們在聽錄音或錄影檔時，只會把當下覺得會用到的部分打下來，其他則略過。但最好不要這樣做，除了一些明顯無關的內容，逐字稿應該逐字逐句全部打下來，不必過濾、無須挑選。

理由就是之前提過的，我們在挑選受訪內容時，經常會改變主意，本來想用的句子，後來就不想用了。而本來不想用的，之後又有需要。有時甚至連預定的題目都會來個大轉彎，需要的內容更是完全不同，此時如果手邊有完整的逐字稿，就可以擁有更多的選擇權。

而且你要這樣想，一個採訪並不是只為了一次報導，日後做專題或出書，逐字稿的用處非常大，這點在下一章談到專題跟出書時還會再仔細說明。或許有人會說，需要時再去訪問就好了，當然這也是一種方法，但「歷史」這件事，是無法透過「重新訪問」來取代的。

史蒂芬・金在《寫作》這本書中提到一件事，有一次他的姨父帶著一整個工具箱去

修理屏風，結果只用一支螺絲起子就修好了。他問：

婕父，如果你只需要螺絲起子，為什麼要帶著工具箱滿屋子跑，而不是只帶著一支螺絲起子？

婕父回答：

沒錯，但是史蒂芬，我不知道一旦到了我要修理的地方，是否會需要一些什麼其他工具，所以最好把所有工具都帶著。如果你毫無準備就開始工作，當你發現需要一些預期之外的東西時，就會非常氣餒。

保留完整場記的意義，就跟這個故事的意旨差不多。

二、場記要即時處理，不要累積

打逐字稿是一件很耗費精神、很花時間的事，就因為這樣採訪結束後要立刻把逐字稿打起來，困難的事先做，這是不論做什麼事一貫的鐵律。

有時我們會想等全部訪問結束後再來打，除非你是請人代打，否則最好不要，一旦累積過多壓力就會增加，不如每次訪問完就打起來。相較於一次打三十個小時的訪談稿，一次打一個小時，壓力是完全不一樣的。

雖然現在有軟體可以處理逐字稿，也可以請人代打，但這兩種方式都不能做到百分之百正確，還是要自己再聽一遍，尤其很多只有訪問者才會知道的訊息需要補充，例如發言者的身分，代打者或軟體就沒辦法告訴你。

而我還是喜歡自己打逐字稿，雖然比較花時間，但除了正確之外，還有一種重回訪談現場的感覺。一方面聽著對方的聲音打著逐字稿的同時，另一方面發現有什麼漏掉沒問的，甚至從對方談話的語調發現隱藏的訊息等等。這些非得在雙方保持一定距離後才能體會出來。

三、逐字稿要做資訊校正

此外，當逐字稿出現一些不清楚、有疑慮、甚至對方說法矛盾或有錯時，就要再跟對方確認。

有一次我訪問柯金源導演，他提到為了到非洲及格陵蘭調查買了1DX2、Canon 6D等器材。如果只是把這些器材原文寫下來，除非行家，否則讀者應該不清楚這些器材具備什麼功能，為什麼到這些地方採訪需要它們。

事後我再請他補充說明，他回信告知1DX2是Canon最頂級的照相機，而Canon 6D則是有經緯度紀錄功能的相機，把這些資訊補充進去，逐字稿就完整了。

另外一種需要請對方確認的情形是，我在改寫、濃縮或拼接受訪者的談話內容時，會把改寫過的內容傳給對方看，並且詢問是否符合他的原意。需要修正的地方務必再修正，直到他認為已符合他的發言意旨。

不過請不要把整份逐字稿寄給對方確認，我就遇過一次，這讓我有點傻眼，畢竟，確認逐字稿是否正確是作者的責任，不是受訪者的。

有的還會把寫好、但還沒刊登的文章寄給我看，我只好告訴他，文章刊出前不必給我看、也無須經過我同意，作者對報導擁有絕對的權利與責任，那是「你的報導」、不是「我的報導」，旁人即使不認同也不能介入。

四、逐字稿的訊息補充

場記之所以需要補充資料或釐清，具體來說可能是有一位受訪者提到某個法案，但並未詳細說明，為了理解這個法案全貌，需要上網自己找。或是A提到他跟B說過什麼，需要再問不在場的B，A的說法是否正確。

還有一些看起來可疑的訊息，例如有一位開發者說，他們的廢水都符合標準，下游也沒有農田，對農作沒有影響，這時就要查證下游是否真的沒有農田。基於過去的採訪經驗，很多時候是有的，但他也沒有造假，只是定義不同。台灣有五四%的農田不在灌區內，這些農田不是用水庫的水、而是取河川水灌溉。但沒有水權不等於沒有農田，那些農田也是合法存在，工業廢水排到河川，同樣會造成下游農田的汙染風險。

逐字稿完成後，為了日後容易找，要給這份稿子一個「有完整日期加主題」的檔名，所謂完整日期，包括年月日，你可能覺得這個提醒很多餘，但其實不然。因為當下提到日期時，我們通常只會寫七月初、八月中這些約略說法，講究一點的會加上日，例如七月十五日、八月二十日，但年卻很容易忽略，因為不就是今年嗎？

下一次再把這個稿子拿出來看可能是多年後了，於是我們就開始焦慮，那究竟是哪一年呢？幾次經驗後我只要打到日期，就會打完整。還有，打到說話者的身分時，也要打完整的職稱、全名。否則過一陣子再拿出來看時，你可能會想很久，那個「吳大隊長」究竟是誰啊？

最後開一個檔案夾，把這些逐字稿歸類，就成為自己的珍藏，未來要做專題或出書就有很大的用處。

Chapter

10

挑戰專題與出書

不要對什麼是好的文學，
做出太過狹隘或保守的定義。

——石黑一雄

在我二十三年的記者生涯中，於不同媒介、寫過各種類型的報導。媒介包括：報紙、網路、雜誌、書本、電視。類型則有：即時新聞、專題報導、專欄評論。另外也出了六本書，除了短暫做過電視新聞，其他多屬文字報導。

同樣是新聞敘事，不同媒介的表現方法不太一樣，也就是「說故事的方法不同」的意思，而這些差異無疑是媒介的傳播特性所產生的。這些跨媒介的經驗不但豐富了我的記者生涯，也讓我從彼此的差異中得到啟發。

❖故事的多種說法

最明顯的就是，自從做過電視之後，發現寫文章時心中自然會浮現畫面，於是很自然就把那個畫面化成文字。有時被讀者稱讚「你的文章很有畫面哦」，我想這有一部分是做過電視的關係。同樣地，有文字報導的基礎去做電視，我也發現能讓影像報導更條理分明、觀點更清晰。

但我自認為是優點的，影像專業報導者是不是這麼想就不一定。舉例來說，二〇二一年六月由「寬紀錄工作室」導演鄧國煜拍攝、在網路上公播的《藻礁之聲》紀錄片，我看完後就急著提出意見，導演應該在畫面中標註時間、地點，並註明每一位出場人物的身分，觀眾才能掌握更多訊息，理解這部紀錄片要呈現的守護藻礁運動脈絡。

後來才知道，不標註這些是導演一貫的風格。原來如此，所謂報導類型，其實受到作者的風格所影響，這提醒我要用更大的包容，去看待各種不同的表現方式。

而即使是文字報導，報紙、雜誌、網路的呈現方式又不一樣。報紙因為版面夠大，一頁就可以放下多篇報導，有點像自助餐店，擺出所有菜色，任君挑選。

於是針對一個事件會拆成主稿、配稿、評論、圖表，還有照片，或針對專有名詞的小辭典解說方塊。讀者閱讀時一目了然，心思可隨視線挪移到想看的地方。

雜誌跟報紙最明顯的差別，不只是篇幅較小，更大的差異在讀者這邊，句括閱讀的心情、地點。現在會在公開場合雙手打開跨頁報紙的人應該很少了。而會在捷運、公車上這麼做的人，幾乎可以斷言接近零。

在搭車途中、咖啡館等人、或一些需要排隊例如打疫苗的場所，會打開雜誌或書的人比較多，當然也漸漸被手機取代就是了。也就是說，以閱讀習慣來說，書跟雜誌可以歸為同一組，當你拿起一本書或雜誌，通常不是為了看即時新聞，而是一個可以陪伴你共渡一段時光的好故事。

所以報紙那種自助餐式的編輯方針就不適用於雜誌，主稿必須一氣呵成，起承轉合都要在這裡處理。但針對文中提到重要人士的專訪或回應，或跟主稿完全不同調性、但可以對照的則另起篇章。另外也會有圖表及照片。

科技跟網路的發展，則讓平面可以跨界到影像，例如QR Code。二〇一七年我跟《商業周刊》合作的「大林蒲——八百根煙囪的家」封面故事，就是一次跨界報導。除了雜誌上的文字報導，還提供兩組QR Code，手機掃描後可以看到兩段影片。而雜誌能放的照片有限，同樣可以透過QR Code看到攝影師一系列的完整作品。

網路的表現方法又更特別了，不但結合影像、文字，設計手法也提供更多不同的閱讀體驗，而且還發展出Youtube、Podcast等各種創新的說故事方法。

常有朋友提醒，現在看文字的人愈來愈少了，應該改變做法，以聲音或影像為主。的確是這樣沒錯，這點從紙媒、書籍的銷售量愈來愈少可以看出來。

但紙媒沒落不等於文字消失，寫文章的人要如何在這股洪流中存活下來？不妨參考日裔英國小說家石黑一雄，在他獲得二〇一七年諾貝爾文學獎的演講中所說的：

我的第一部小說和第一個電視劇本太過相似了。類似的不是主題，而是它們的方法和風格。我越加以審視，就越覺得我的小說像一個劇本，對話加上場景指示。這本來還不成問題，不過現在我希望我寫的小說「只有在紙上」才能展現應有的效果。如果打開電視機就可以得到差不多相同的體驗，為什麼還需要寫小說呢？

在電影和電視的強大威力下，書寫如果不能提供某種獨一無二、其他形式無法做到的東西，要如何存活？

❖ 不同報導類型的啟發

我之所以能同時在不同媒介、做各種類型的報導，主要是身為獨立記者的關係，否則就很難同時辦到。當然也有很多記者做過不同媒介的報導，從報紙到雜誌到電視到網路，但多數是因為更換媒體，並不是同時。畢竟在一個媒體工作，就只能做那個媒介特性的報導。

現在紙媒的報導會同時出現在網路，純網媒也愈來愈多，不過距離「純網路思考」的報導還有很大的空間。舉例來說，用手機看網路新聞應該比用桌機多，而手機螢幕小，把一篇長達五、六千字的報導放在網路，對讀者來說負擔太大，需要利用更多連結功能做訊息延伸說明。讀者點進連結到另一個地方，看完後再回到本文，而有時根本不回來了，隨著連結又連結到更遠的四面八方。

當然凡事都有例外，有一陣子網路很流行長文，好像還頗受歡迎，我在二〇一六年也寫過一個調查報導「統一夢斷玉峰堰」，三萬字的報導一氣呵成放在部落格，竟然有三萬七千個點閱數，連我自己都很意外。

不過這無論如何是特例，不能把例外視為常態。接下來只要有上萬字的專題報導，就會依照主題類別，切割成數篇報導，看起來就俐落多了，也減輕閱讀的壓力。

這些報導有時是媒體邀約，一開始就言明報導類型與字數。跟雜誌的合作方式，純新聞大約二至四頁，專題的彈性比較大，封面故事可能做到十頁以上。

網路的彈性又更大，但也要符合報導類型的規模，所謂規模也沒有說非怎樣不可，但就是一種作者與讀者不成文的約定。例如我每周二在《風傳媒》的專欄，每篇約一千五百字到二千字之間，有時少一點、有時多一點，但多半不會超過二千五百字、也不會少於一千二百字。畢竟評論文章刀刀見骨，讀到二千字時已經累壞了，而少於一千二百字又會有「想說的話無法充分表達」的困境。

有一次香港《端傳媒》邀我寫一篇「南鐵地下化告訴你，政府為什麼習慣強徵民地？」的文章，事先言明四千字。字數不只為了編輯必要，也是控管成本的手段。但我覺得字數不夠，就說想寫八千字，但只要給我四千字的稿費就好。不過這是特例，而且網路彈性比較大，多數還是會依對方需要的字數做規劃。

曾經有朋友問我都如何計算時間成本？會不會選擇稿費較高的媒體寫稿？老實說不會，唯一的考量是自己想不想寫、能不能好好寫，不想寫的題目則會委婉拒絕。

除了媒體邀稿，我也持續在部落格寫文章，當然沒有人給我稿費，但以結果來看，兩者卻經常產生連動關係。也就是，有時媒體朋友看到部落格的報導，知道最近我都在寫些什麼，剛好他們也要做相關主題時就會提議：「妳最近好像有在關心那個喔，要不要給我們寫一篇？」

不過這種連動關係是自然產生的，不單單只是為了吸引媒體注意。因為對我來說，部落格是個人平台，有自己的讀者，他們不時會來這裡看看有沒有新文章。因此，以自己喜歡的方式、寫出自己喜歡的文章，也提供給想看這類主題的讀者，才是報導的初衷。

❖從單篇到專題

除了一般的新聞之外，每過一陣子我會寫規模龐大的專題報導。說龐大一點都不誇張，因為那多半是多達二、三萬字的報導。我跟媒體合作過的專題報導，字數最多的雜誌封面故事也不過八千字左右，包括照片大約二十頁。兩相比較就能看出那個數字的巨大。

可想而知，這麼龐大的專題不會有媒體想刊登，即使有合作機會，也會挑出其中幾個主題，寫成符合對方需求的字數，但還是會保留完整的內容刊登在部落格。

那讀者要看這麼龐大的專題嗎？老實說也沒有，倒是一個有趣的觀察，從部落格的後台統計看到，這些報導多年來不斷有讀者點閱。以此推論，這些報導為某些事件留下值得參考的紀錄，而這正是專題的價值所在。

沒有媒體要買、也沒有多少讀者要看，為什麼還要寫呢？其實也沒有為什麼，就只是想寫而已。

通常在追蹤一個事件過程中，會寫下許多單篇報導。但這些訊息都屬片斷、且不連續。而且有時內容重複，因為單篇報導的寫作原則之一，就是假設讀者是第一次看到這個事件，有必要交待前情提要。

日後重看這些單篇報導，許多缺點就會毫不保留地暴露出來。可能是發展不連續、或資訊有缺漏、或觀點不統一、或過於瑣碎、以及沒有下文，總之無法透過閱讀這些單篇報導，去重建一個完整事件的面貌。

這種時候心中就會浮現：「來重寫一個專題吧。」於是找出這些文章，把內文打散、重組、刪除、新增，仔細拆分成幾個章節，注入觀點，最後完成作品。如果有讀者告訴我，花幾分鐘看完這個專題就理解事件的全貌，掌握過程的是非曲直，那我的願望就實現了。

而我自己也得到很多好處。把過去那些不理解的、還沒釐清的重新想一遍。並把那些資訊不足的，透過找尋資料、補充訪問一一補上。持續做著這些的同時，也感覺到自己的報導能力、看事情的廣度、深度不斷進步。

新聞界常說，專題才能看出記者的實力。但我要說，是這些專題，才讓記者的體格逐漸變強的。

而這些花時間確實寫下來的專題，很多日後都產生加值效果。例如中科三期后里抗爭之路、灣寶土地運動、霄裡溪水汙染事件、國光石化、空汙事件等等，最後都收錄到我在二〇一六年出版的《走一條人少的路》書中。

以效益來看的話，我至今做過最成功的專題，是收錄在書中的其中一部「大旱望雨．尋找幸福的水台灣」。從二〇一四年秋到二〇一五年春，台灣發生連續八個月的枯旱，這段期間我寫了五十四篇即時新聞或專欄，其中一部分是跟媒體合作的報導，另外一部分則刊登在自己的部落格。

枯旱結束後我以這些報導為基礎，完成一個拆分成五個主題的三萬字專題，刊在部落格中，並報名那年的「卓越新聞獎」平面專題報導獎，也很幸運得獎。隔年再做修改後成為《走一條人少的路》這本書其中一部。

從單篇報導、到專題、到出書，得獎則純屬意外，不在預期之內，可以說把報導的效益發揮到極大。而且在這過程中，我把水資源的問題爬梳一次，也為我報導這個領域打下很好的基礎。到了二〇二一年春天台灣發生更嚴重的枯旱時，我得以從當年打下的基礎持續往前。

不過這只是我個人的做法，也可以從零開始寫一個專題或書。但對我這樣以新聞、而非寫專題或書為主業的記者來說，這是可以兼顧即時、專題、出書的較佳方法。

而有的事件經歷的時間夠長、轉折更多、人物故事夠豐富、也延伸出多條線索時，只寫三萬字的專題報導就可惜了，而是考慮增加篇幅寫成一本書。

二〇一四年我出版的《捍衛正義——烏山頭水庫保衛戰》，就是以單一故事寫成一本書的例子。

這件事從一九九九年到二〇一一年總計十二年，人物跟場景都很豐富，最後並沒有做專題，而是直接從即時報導跳到出書。這個故事後來也由紀錄片導演黃淑梅小姐拍成《家鄉保衛戰》紀錄片，則是另一個成功的案例。

不過，一個事件經過這麼長久的時間，資料量相當龐雜，不是以過去自己寫過的即時報導為基礎就可以，何況記者可能只是從中段介入，就像我是從二〇〇九年才開始追蹤永揚案，雖然這樣也寫了八萬多字的即時新聞，但無論如何前面那十年就是一片空白。

此時就需要借助很多資料來補充，並對當事人做大量訪談，或參考其他媒體的報導，很幸運公共電視《我們的島》記者林燕如曾做過相當多的報導，借用她拍的片子，才把最初自己沒採訪到的內容補上。

做這些資料回溯的工作相當耗時耗力，從二〇一一年永揚案結束後，經過三年才把書寫出來。這麼冷門的書很難找到出版社願意出版，最後由時任「卓新獎基金會」董事長胡元輝先生協助，才由基金會贊助出版。倒是市場反應出乎意料，這本書上市一個月就刷了三刷。

❖ 新聞獎

剛剛提到新聞獎，我很鼓勵記者朋友參加，甚至可以當成一個工作目標。新聞獎當然有很大的侷限性，也有很複雜以及見仁見智的評審標準，不過可以斷言，能得獎的作品基本上都在水準之上，更不用說記者都會拿出滿意的作品參賽，這麼說來，參賽本身就具有重要意義。

而且，得獎無論如何是一件開心的事，對我而言那更像是一張通往獨立記者的入門票，如果不是在我二〇〇九年成為獨立記者的隔年就得到卓新獎、曾虛白新聞獎兩個新聞界的大獎，我的獨立記者生涯一定會完全不同。

台灣的新聞獎項非常多，綜合性的獎項要獲獎可能比較難，因為某些主題就是比較受到青睞，而且有資源的媒體，可以投入的製作成本較多、也給予記者更多的採訪協助，又比沒資源的媒體有較高的得獎勝算。

但有些獎項限定了領域門檻，有環境類、財經類、文化類、消費類、醫藥類等獎項。競賽的資格縮小了，得獎的機率就大一點，建議不妨先從這些獎項著手。

例如，前文提到二〇一七年我跟《商業周刊》合作的「大林蒲——八百根煙囪的家」封面故事。跟我合作的攝影記者程思迪的攝影作品，獲得台灣、香港等多個獎項，但參加的文字報導獎項卻紛紛落敗。

最後之所以能在二〇一八年獲得「台達能源與氣候特別獎」，就因為這是專屬於環境類報導的獎項。得到這個獎讓我開心很久，最重要的是可以向《商業周刊》交待，這個可以說是違反《商業周刊》報導個性的專題，竟然可以做為封面故事，銷售量也沒有很理想，這點讓我相當敬佩。

《商業周刊》對獨立記者非常禮遇，不但給我至今收到最高的稿費，而且副總編輯劉佩修，把這次得獎獎金十萬元其中的九萬元給我（得獎人有四位，包括擔任製作人的她），能跟商周合作，真的是一件美好的事情。

當然，得獎不是記者的目的，持續寫好新聞才是。不過得獎的感覺真的不錯，我衷心期待你也能擁有。而好新聞是用時間換來的，偏偏線上記者最缺的就是時間，在此也要呼籲媒體多給記者寫專題及書的餘裕。

❖ 給記者寫書的餘裕

當我還在報社工作時出版過三本書，都是利用工作之餘的零碎時間、或利用休假時間完成的。我已經忘了當時是如何從忙錄的線上採訪工作之外找出這些時間。不過那時的環境比較單純，不需要寫即時新聞，新聞競爭也沒有這麼大，線上記者還有餘裕可以好好跑新聞。

但如今線上記者都是一邊應付即時新聞、一邊在寫專題，想要挪出寫書時間幾乎是不可能的事情。媒體應該給記者一些彈性，例如我有一位曾在雜誌社工作、現在是一家網媒總編輯的朋友，在她寫的書進行到最後階段時，公司支付半薪讓她只專心寫書，不必負擔平日的採訪工作，這樣她才有餘裕及精力好好把那本書寫完。

湯瑪斯．佛里曼在《謝謝你遲到了》的書中謝詞，也提到報社給他的權宜做法：

我必須再一次感謝《紐約時報》董事長暨發行人亞瑟．舒茲伯格二世，以及社論版編輯安迪．羅森泰爾，讓我在撰寫此書時把專欄撰寫職責減半，以便進行此書的所有研究與訪談工作，否則不可能完成此書。

我覺得這種方式不錯，畢竟要一邊負擔全職工作、一邊寫書，以記者工作的忙碌程度來說實在很為難。或許你會想留職停薪或辭職專心寫書，如果你沒有收入的顧慮或許還好，但如果有，這麼做就有點不切實際。

台灣的出版界並不存在預付版稅制度，也許有，但至少我沒遇過。書出版時拿到首刷的版稅，之後每半年結算一次，但首刷印量也在減少中。有些出版社連首刷版稅也取消了，而是半年後依實際銷量支付版稅。

如果半年賣五百本，以一本書四百元、版稅十％、四十元計算，可以拿到二萬元。而寫一本書至少要一年，有的作者設定的目標是二年三本，但他們都有其他本業，單純以寫書維生的人，有，但很少。

如果你請教村上春樹的意見，他會跟你說要堅持，因為他當年在書的銷量還不大時就是這麼做的。不過這世上有幾個村上春樹？想以寫書為職志的人，千萬不要把當作家這件事想得太浪漫，現實問題還是要多加考量。

也就是說，一開始不必將寫書視為唯一目標，而是工作的一部分。你可以保有專職工作，每天抽出一到二個小時寫作，日積月累就能完成一本書。

很多人會說等到退休再來寫書，但人生無常，想做什麼還是立刻行動比較好，也許真到退休時就不想寫了。如果是那樣也就算了，但年紀會逐漸削弱你很多東西，最明顯的就是體力、企圖心、甚至能力。所以，想做的事馬上就開始做，也是減少人生遺憾的好辦法。

寫書的條件這麼嚴苛，為什麼還要寫呢？前文也說過了，沒有為什麼，就是想寫而已。而且，當你在一個領域久了之後，就會升起一種責任感，畢竟是這個領域給了我們可以說是包括夢想的一切，而我們想要有所回報。

村上春樹在《給我搖擺，其餘免談》書中提到美國搖滾歌手布魯斯・史賓斯汀（Bruce Springsteen）曾說：

> 在發表「為奔馳而生」之後，我對自己所唱的歌曲內容，以及我所傾訴的對象＝聽眾，開始產生一股強烈的責任感。當時我就決定勇敢走進黑暗中，並環視周遭，寫出自己所知道的、自己所看到的、和自己所感覺到的。

每位記者不論在哪個採訪領域，都見證了那個領域的起落、遇到獨特的人物，這些都值得寫下來跟大家分享，同時為自己的記者生涯留下美好的回憶。

接下來我想說明如何從即時新聞、專題、再到書的過程，有以下幾個方法、原則、以及注意事項。

❖如何寫一本書

一、跟上事件進度，不要中斷

要從即時新聞到專題及書，前提是要有完整的即時新聞做基礎，當然，開始追蹤一個事件時並無法預料後續發展，也不太可能在一開始就決定未來可以做什麼。

不過對於迎面而來的事件就盡量跟上進度，而且把搜集到的資訊、採訪到的內容隨時歸類、整理、去蕪存菁、擇要寫成報導。這些報導日後會有多大的機會發展成書或專題，不知道，但多寫一個就多一個機會。

這個道理很容易理解，如果你想寫一本回憶錄，最好養成每天寫日記的習慣，特別是時間、地點、數字，要靠回憶來重建這些精準的訊息，幾乎不可能。

只要聽朋友說未來想寫回憶錄或家族史，我就會建議現在就要開始每天、或一段時間做生活紀錄，並且多跟家人聊天，隨時把聽到、想到、感受到的寫下來。假以時日就能完成心願，完成一部回憶錄或家族史。

二、將內容打散、歸類、切割

當決定寫某個事件時，我會把寫過的新聞、場記列印下來重看一遍，並把內容打散、分類，列出幾個主題，此時，一本書大致的章節就有了雛形。

切割，永遠是化繁為簡最好的方法。當你想到寫一本書要八萬字、十萬字時，會覺得那是個天文數字，而且想到得花一年才能完成，可能就此怯步。

但如果把這十萬字切割成十章，每一章只需要一萬字。每一章再分成五個小節，每一個小節就是二千字，看起來就不會那麼嚇人，而是一件可完成的事情。

假設一天寫一千字，每個月寫二十天就是二萬字，五個月就可以寫完一個十萬字的初稿。接下來要多次改寫，刪除不適當的內容、增加必要的資料、調整順序到合適的位置，語氣不順的地方再提高流暢度等等。

這些工作要盡可能做好，雖然寫書有預計的時程，但最好不要給自己什麼時候非完成不可的壓力，這樣可以確保自己不會虎頭蛇尾，匆匆結束絕對不是一件好事。

三、更新時序與氛圍

將即時新聞推移到書，其中兩個非改不可的是時序跟氛圍。如果把過去寫過的報導原封不動集結成書，就會看到「現在」、「目前」、「昨晚」等用語，這會讓讀者產生混淆，不明白所謂現在、目前、昨晚指的是什麼時候。

而且寫作當時的氛圍就只存在於當時，喜怒哀樂都已成過往，讀者很難穿越時空重回現場感受到那些。說來，文章跟食物一樣，氛圍也存在賞味期。

因此除非有特別原因，不建議把過去寫的稿直接集結成書。過去是過去，現在是現在，當你想把過去的文章變成書時，務必修正時序與氛圍，當然還有最新進展。

當然這世上還是有不受時間限制、永垂不朽的文章，但那是非常稀有的事，說千年一遇也不為過。谷崎潤一郎就提過李白的《靜夜思》這首五言絕句：

> 牀前明月光。疑似地上霜。
> 舉頭望明月。低頭思故鄉。

谷崎潤一郎認為，這首詩之所以能流傳千年，任何時間讀都沒有違和感，打動任何時代千千萬萬人的心，雖然有各種條件，但主要有兩個原因，一是，沒有放進主格，二是，沒有清楚顯示時式。他說：

> 如果在床、頭、故鄉前面加上「我的」，或採取過去式，這首詩就會被限定在某一天晚上、某一個人看到的東西、感覺到的事情，終究沒辦法擁有這樣的魅力。

但紀實報導一定會涉及時序跟氛圍，相信我們都不希望在二〇二一年三月翻開比爾·蓋茲的新書《如何避免氣候災難》時，發現他建議美國總統唐納·川普做什麼吧。（喬·拜登已在二〇二一年一月二十日就任美國總統）。

因此在出書前更新時序與氛圍以切合出版當時，是一件重要的事。當然這不是鐵律，一本書在出版後五年、十年或更久還有讀者會拿起來看，而那時距離出版日期已經又相當遠了，這時可以在書序或書的某個地方註明出書時間，讀者自然會把心情準備好回到那個時候。

二〇二〇年八月漫遊者出版社重新出版西蒙·波娃的《論老年》，就在開頭做了以下編按：

本書原於一九七〇年一月出版，書中所陳述的統計數據、事實、現況描述、現象觀察、現下時間用語（如現在、目前、最近、最新、今日等），若未特別指明年代，皆以作者寫作此書的一九六〇至七〇年代為時代背景。

四、適時放慢節奏

另外要注意的是，即時新聞跟書的節奏不一樣，一篇即時新聞或評論在一千五百字到二千字之間，為了讓文字顯現張力，會寫得很緊湊，是一種對焦式的寫法。

但一本八萬到十萬字的書如果也用相同的節奏，讀者肯定會受不了，需要適時放緩節奏，加入一些故事、對白，讓文章有起承轉合的層次感。

關於這點，村上春樹有一段話值得參考：

長篇小說名副其實是「長話」，如果每顆螺絲都鎖得緊緊的話，讀者會喘不過氣來。在一些地方讓文章的行進緩和一點也很重要，這方面的呼吸一定要能讀出來，讓整體與細部能有良好的平衡。

有的評論家會挑出長篇小說的一部分加以批評「不可以寫這麼鬆散的文章」，但我認為並不公平。

因為，長篇小說這種東西，就像活生生的人一樣，也需要某種程度鬆散、和緩的部分。正因為有這個部分，緊張收縮的地方才能發揮適當的效果。

最後，自己能做的事最好先做，包括書名、標題、小標、照片、圖說等等，當然這些編輯也會幫你，但你一定有自己最想呈現的方式，不如自己先有想法比較好。還有別人給的意見要盡量接受，但如果有非堅持不可的東西，也務必堅持到底，畢竟這是你的書，不是誰的。

就在寫這本書的期間，全球彌漫著新冠肺炎疫情的焦燥與不安。這段期間記者們依舊冒著風險、守住崗位，深入各個地方採訪，把第一手消息帶到民眾手中。如果你問記者為什麼要做這個工作？相信很多人會回答，報導是一種社會參與，而他們希望把這個已經傾斜的世界，帶回它該有的樣子。

另一方面這個工作也讓我們跟很多人學習、在事件中成長，如果我們能有所回報，就是持續努力、建立信心。而如今媒體在時代的浪潮中不斷推移，所謂新聞，也出現截然不同的面貌。正如石黑一雄所說的：

我們必須努力不要對什麼是構成好的文學，做出太過狹隘或保守的定義。下一個世代將以新的、有時令人迷惑的方式訴說美好的故事。我們應該對它開放心胸。

同樣地，如今下一代的新聞人也開展出許多創新的表現方式，我們也不要執著於過去對各種新聞類型的定義，而是對改變開放心胸，並給予熱誠的支持與期待。

如此，我們才能在時代的浪潮中，持續確認踏出的每一步，不論在何時、不論在何處。

後記

朱淑娟

我從二〇〇九年成為獨立記者，到二〇一九年剛好滿十年，某一天接到前《卓越新聞電子報》主編鄭凱榕小姐邀約，希望我能在電子報寫這十年獨立記者的心得，於是約定從二〇一九年十一月起以「獨立記者十年紀」為題寫三篇稿子，每篇約一千五百字。三篇寫完後有些意猶未盡，最後陸續追加，到二〇二〇年六月連載結束時總計寫了十篇。

寫作過程中很多過去採訪的往事湧上心頭，連載結束後感覺想說的話還沒說完，剛好這時有一家出版社邀請出書，但考量這些文章是在卓新電子報刊載，最後在凱榕建議下向卓新獎基金會「出版獎助」提案，很快獲得基金會主任陳靜雲小姐允諾，提交了出版計畫。

於是從二〇二〇年七月開始，我以那十篇連載文章為基礎，經過十六個月，最後完成這本書。期間，內容經過多次反覆增修，跟當初連載的那十篇已經相當不同。

在思考該寫什麼時，我是這麼想的。這十年獨立記者經驗如果有什麼值得分享的，就是自己是以什麼心情、用什麼方法、秉持什麼信念、堅持些什麼一路走來。而這些純屬個人風格的新聞寫作經驗，如果能給年輕一輩的記者一點點有用的參考，那就實現了我微小的心願。

雖然這本書是以新聞報導實務為主軸，但嚴格來說並不是一本教新聞寫作的書，反而比較像是以跟朋友聊天、或類似在學校滿溢春日陽光的小教室裡，對著十多位學生說話的心情，分享自己以獨立記者的身分，如何身處新聞現場，如何做出那些報導。

既然是講自己的採訪心得，難免就會談到自己，書中所舉的例子，也多半以自己的報導領域環境新聞為主，說來這是一本類似自傳、且具有相當侷限性的書籍。

回想自己的人生，我所能想到最不虛此行、最不負己願的，就是成為記者這件事，而從一九九八年至今也已經過了二十三年。在媒體浪潮中沉浮多年之後，我如今還能站在這裡，說來除了幸運之外，什麼都不是。

而這些幸運來自很多人的給予，說一句老套的話：沒有他們就沒有現在的我。但也就因為這句話老套到不行，才能成為真理，且讓我時時刻刻感謝在心。

我要謝謝那些曾經給我協助、鼓勵我的許多人。尤其是在我成為獨立記者期間，給我報導版面及豐厚稿酬的《商業周刊》副總編輯劉佩修女士、《風傳媒》總主筆夏珍女士、以及其他許多媒體的好朋友們。

另外我要謝謝卓越新聞獎基金會執行長邱家宜女士、以及所有工作人員，如果不是他們給予獨立記者許多特別的協助，我的獨立記者之路應該會有所不同。

我也要謝謝許多邀請我到課堂上演講的老師們，他們讓我有機會站在演講台上，確認自己有一些足以跟下一代分享的經歷，這對我來說彌足珍貴、意義非凡。

我更要謝謝那些曾經被我打擾、接受我採訪的許許多多人士，因為他們的無私分享，我才能不斷學習，並提醒自己不要辜負別人給予的善意。

最後我要感謝我的父親朱秋田先生、母親陳琴女士。他們生於戰亂，沒有機會受完整教育，二十三歲那年他們從故鄉苗栗縣後龍鎮搭火車來到台北，隨身只帶著一個布包，憑著刻苦平實的毅力，一點一滴在台北成家立業。他們始終是我最忠實的讀者，並且深深以女兒成為記者為榮。

二〇二二年三月

Excellent
卓越新聞獎 26

做為獨立記者

寫好新聞的十個心法

國家圖書館出版品預行編目（CIP）資料

做為獨立記者：寫好新聞的十個心法 / 朱淑娟著.
-- 初版. -- 高雄市：巨流圖書股份有限公司,
2022.04
面； 公分
ISBN 978-957-732-655-3（平裝）

1. CST：新聞寫作 2. CST：新聞報導

895.4 111002862

著　　者 朱淑娟
責任編輯 邱仕弘
封面設計 黃士豪

發 行 人 楊曉華
總 編 輯 蔡國彬

出　　版 巨流圖書股份有限公司
802019 高雄市苓雅區五福一路 57 號 2 樓之 2
電話：07-2265267
傳真：07-2264697
e-mail: chuliu@liwen.com.tw
網址：http://www.liwen.com.tw

編 輯 部 100003 臺北市中正區重慶南路一段 57 號 10 樓之 12
電話：02-29222396
傳真：02-29220464

郵撥帳號 01002323 巨流圖書股份有限公司
購書專線 07-2265267 轉 236

法律顧問 林廷隆律師
電話：02-29658212

出版登記證 局版台業字第 1045 號

巨流

ISBN / 978-957-732-655-3（平裝）
初版一刷・2022 年 4 月
初版二刷・2022 年 8 月

定價：320 元